朱嘉雯 著

朱嘉雯療心國學經典

有一種唐詩叫淒美的思念

五南圖書出版公司 印行

作者序　生活像一首詩

朱嘉雯

最近一年多來，我尋尋覓覓，每天只爲了能夠找到一首詩，讓我很有感覺的詩，以精練的字句輕輕吟猱靜悄悄的心弦，滑奏思考的音階，發出如高山、流水般豐沛的滾拂聲響。我欣然以創作的企圖，重新詮釋和感受詩的美好，同時與閱聽眾分享感動的每一瞬息。

尋找一首詩成爲我生活的重心，其實是來自專題寫作的需要。繼《朱嘉雯的167堂經典文學課套書——聊齋誌異、金瓶梅、西遊記、紅樓夢》、《朱嘉雯經典小說思辨課套書——聊齋、水滸、紅樓、三國》，以及《朱嘉雯經典文學情商課套書——蘇東坡、莊子、李白》等三套叢書出版，其中有幾本已經三刷之後，我於去年開始積極投入第四種套書的撰寫，這項寫作工程的新主題是《朱嘉雯療心國學經典》，將分爲三部書來抒發我的閱讀角度與感懷，分別是唐詩、宋詞和《詩經》。而這項撰寫計畫，至少維持三年。

太美好了！沉浸在詩的國度裡，整個人彷彿掉進文字的蜜糖罐裡，又像是參加一場又一場的嘉年華，每天跟著初唐四傑、飲中八仙、大曆十才子、詩佛、詩仙、詩聖、詩鬼……，到處遊玩，忽而在黃山巔，一會兒又到了東海陬，甚至上窮碧落下黃泉，忽然又在茫茫大海上，尋到了蓬萊仙山。我耽溺在詩的意境裡，陪著名家賞月、飲酒、品花、戀愛、落榜、貶謫、思鄉、追憶……。我的人生多了好幾倍，想像力也不斷經歷著大幅度的躍升，所有的體會，包含我的感動我的思維和我的笑與淚，也就不斷地湧現。

於是爲了書寫，我需要大量閱讀，讓自己泅泳在詩與文獻之海，漂蕩於深深的海底，靜下心來，以重新回顧文學史的目光，讓眼前猶如電影播放一般，觀看每首詩獨特的生命旅程。而我也眞的找到了許多寶貴的詩句，讓我有所慟，也有所悟。

詩人姚合寫道：「縣去帝城遠，爲官與隱齊。」我深表同感，人生最重要的事情不就是爲自己找尋一個恰到好處的位置嗎？安頓此生，也安置本心。此外，盧綸有「夜靜春夢長，夢逐仙山客」之句，我是個幾乎每天獨自守著夜的人，所以深知夜的靜謐，夜的美。人生有夢，有情，有思念，有執著，有愛的歡笑與淚光……，都在此時漸漸沉澱。及至重新驚豔於張若虛，讀他的名作〈春江花月夜〉伊始：「春江潮水連海平，海上明月共潮生。灩灩隨波千萬里，何處春江無月明？」方領悟到詩人的想像空間是從一個實際的地點或場景出發，既而做出無窮的推理與聯想，然後勾勒出無邊無際的心理空間，同時展開綿延不絕的時間軌跡。我因此有所領悟，人生爲自己找到一個進退有據的位置，就等於是打開了另一個可以做夢的維度，夢裡有無限深遠及遼闊的自由度，讓我們揮灑理想與各種稀奇古怪的念頭。

而當我發現，悲愴者如陳子昂，憂懷者如杜子美，居然也有幽默逗趣的一面，登時也不禁莞爾。陳子昂為了軍營裡鑽進了一隻小白鼠，立即寫了一篇「鼠輩將亡而我軍必勝」的奏表。無論是要為士兵們加油打氣，還是故意討好武則天，今天讀著這篇〈奏白鼠表〉，我們都要竊笑並竊以為是文人才有的促狹！還有杜甫，在春暖花開，繁花似錦，芳草連天的美景中，整個人驚呆了！春天竟然將花開到如此盛況，簡直令人詫異！「我必得好好喝幾杯小酒來壓壓驚了。」

這是我聽說過最不可理喻的喝酒藉口了！當詩人不再板起臉來憂患深深，不再撚著鬍鬚思慮重重，不再皺起眉頭悲痛隱隱。取而代之的是開個玩笑，逗個樂，以他們最擅長的文字來取悅自己，也取悅他人。那時候他們其實都是很可愛的。

此外，還有許多我自來所關心的女性題材，也都在詩歌的情境裡，化為另一章有香有色的傳奇。女詩人關盼盼寡居燕子樓，在獨守空房的日子裡，內心已經夠孤寂悽苦了，卻還要受到白居易的冷言酸語。女詩人於是用自己的詩狠狠地修理了白居易：「兒童不識沖天物，漫把青泥汙雪毫。」我私心很為關盼盼喝采！只可惜她氣性太大，竟然為了白居易的一句話，自殘了性命。那也太不值得了。

還有一位女歌唱家劉采春，在風華正茂，演唱事業如日中天的時刻，與她的粉絲元稹私奔，最後不僅落得被始亂終棄的下場，更落得劉采春投水自盡的結局。那就眞是令人不勝哀憐了！

還有一位女性徐蘭英，她是《唐詩三百首》這本膾炙人口書籍的編輯者，也就是蘅塘退士孫洙的續弦妻子，因此也就是這部重要選集的編纂人之一。

可嘆的是，她之所以嫁給孫洙，原來是因爲她父親很有錢，卻很吝嗇，不肯爲女兒付出嫁妝，所以最後徐蘭英只得嫁給元配已經過世，還拖著三個小蘿蔔頭的老縣令。不僅蹉跎了青春，還得含辛茹苦撫養前妻的三個兒子，並爲丈夫採集資料，編纂成書。更令人嘆息的是，後世許多學者要查詢徐蘭英的事蹟與史料，竟然在浩如煙海的史冊中，幾乎找不到她一絲一毫的足跡。最後終於在間接的女畫冊中看到了她的一首題詠：「爲愛新圖翻舊譜，殷勤覓句寫簪花。」看來徐蘭英也眞是個愛好文藝的才女了。只可惜《唐詩三百首》只留下她丈夫的名姓。

唐是詩的國度，是筆墨的天堂，是璀璨文明的錦繡花園。在這個國度，政治是短暫的，文學才是恆長。當它號稱盛世之際，李杜文章在，光焰萬丈長。另有王維、孟浩然、王昌齡、王之渙、元稹、白居易等人，踵武前王，風流未沫，締造了無數傳世佳篇。即使到了中晚唐，帝國政治日薄崦嵫，國家社稷已如摧枯拉朽，不堪一擊。可詩人還在，文學不朽，李商隱、杜牧、溫庭筠、許渾、皮日休、陸龜蒙……，依舊是個個精彩，風格獨特。而我特別關注像是曹鄴這樣的晚唐詩人，他有一組〈四怨三愁五情詩〉，加總起來不僅突出內心無限的感傷，也激發了爲環境所挫的情緒。談到感情生活，當然也是不順利的。這樣的人生，活著做什麼？「遠夢如水急，白髮如草新。」這荒涼的人生，美得多麼苦澀！

幸而文學是救贖。原來苦，也可以苦得如此文雅，如此有才氣，而且它是生命中一道無解的題。文學作爲表達人生況味的媒介，唯有如此抒發，方是詩家本色。所以如果好想哭，那就盡情地放聲；如果想要奔跑，那麼就不顧一切吧！因爲除此之外，別無他法。

至少詩人是這麼對我說的。

其實詩人也說故事的，我從一個小說迷的角度看世界，故事無所不在。當我們撥開詩歌花蕊的核心，那裡就有說不盡的好題材！有時竟然像是一部偵探或推理小說，步步懸疑，引人入勝。宋之問爲了一首詩，殺害了親外甥；魚玄機懷疑侍女勾引她的情人，竟然也痛下殺手！然而我只看到了人性，在清平世界，朗朗乾坤，大唐王朝，個人因爲貪婪，因爲太想追求名與利，又或是因爲成長過程與感情生活裡始終缺乏安全感，所以暴露出猙獰的面目，那背後其實就是人性深不見底的幽暗。這誠然是古典詩的外一章，卻不容我們迴避，因爲它是人之所以爲人的生命課題。

因此我想做一個找詩的人，不只三年五載，而是一生一世。在生活與思維的慣性裡，永遠突發奇崛的閱讀視野，或者將一首詩當作小說來理解，又或者從戲曲文本裡體會詩的意境，再將某位詩人的禪意與冥想，作爲生活美學的實踐與試煉。偶爾也可能不經意地闖入一所祕密集會的詩社，放眼望去，一片詩人。到那時，詩篇將如同彩蝶漫天裡飛揚飛揚飛揚……我於是閉起眼睛伸手抓取，頂好是抓到陌生的字眼，讓我感動於能夠與之初相識，但若是抓到了熟曲，其實亦可以生彈。讀詩的目的是爲了陌生化日常的規律，並且演奏出自己內心的旋律。在不斷自我探索的同時，無論外在環境如何變遷，天下叫囂也罷，擾攘也罷，即使風雨如晦，世道衰微，都無需過於懷憂喪志。

因爲生活裡，始終有一首好詩。

目錄

跋

噓，這裡很靜——唐詩．無聲

洞宮秋夕　陸龜蒙

濃霜打葉落地聲，南溪石泉細泠泠。
洞宮寂寞人不去，坐見月生雲母屏。

我很早以前就已經從古典詩文裡揣摩到古人的生活環境其實是很靜很靜的。他們翻書沒有聲音，寫字沒有聲音，倚欄觀花、舉頭望月、磨墨濡毫……。其時窗外沒有電車、火車、摩托車；屋裡沒有電視、音響、擴音器。人們相視而笑，莫逆於心。他們靜聽桂花落，心領蘭幽香。在斜陽中飽覽湖上天光，於晦暗的夜裡吟詠低迴，舒展胸臆。

於是晚唐詩人陸龜蒙在深秋，聽見了霜降與落葉，聽見了泉水，聽見了寂寞的人獨自看月。

「濃霜打葉落地聲，南溪石泉細泠泠。洞宮寂寞人不去，坐見月生雲母屏。」

而唐代詩人也特別喜愛生活中的一股寧靜，花開的時候，花落的時候；下雨的時候，飄雪的時候；鳥兒輕啼於林間，詩人閒詠憶洛城……。

於是我們看到劉長卿有好美的詩句：「細雨溼衣看不見，閒花落地聽無聲。」杜甫藉由春天夜晚的小雨，抒發生命的哲理：「隨風潛入夜，潤物細無聲。」以至於連白居易都曾寫過：「黃鳥無聲葉滿枝，閒吟想到洛城時。」

唯有無聲，才能聽見自己心底的聲音，才能對生活體會很深，也才能享受自然美妙的大地之聲。

唐詩之美，來自無聲。

熟讀唐詩三百首，不會作詩也會吟
——編選者孫洙、徐蘭英

芍藥圖題詠

徐蘭英

綠窗前後鵓鳩聲，小夢難忘說與鶯。
何處是家空拜月，幾時無淚莫長生。
豈知藥草翻添病，已送梨花不願晴。
憔悴只宜隨孝女，杜鵑時相哭雙卿。

生小玲瓏福未圓，枉拋心力教嬋娟。
花神舊感東皇贈，貶詔新頒燕子宣。
布穀採桑愁證候，夕陽春雨病因緣。
江南薄命知多少，第一佳人第二泉。

從前從前，有個小女生名喚徐蘭英。她是怎麼長大的？我們不知道，但是我們可以查找出她的父親是個富翁，所以蘭英小時候的日子應是衣食無憂。至於她長大以後，是怎麼嫁人的？婚姻生活過得怎麼樣？我們也全然不知，只知道史書上寫了四個字：「孫進士妻」。

說起孫進士，我們倒是知道的。他是孫洙，江蘇無錫人，乾隆年間的進士，曾經做過山東知縣。可是史書上又說：孫洙的夫人姓薛，而且薛氏的父親還曾經做過直隸州的佐官。至於薛氏本人所有的資料卻只有她給孫洙生了三個兒子，而且我們不知道薛氏的名字，但是她三個兒子倒是都留下了名姓，分別是：孫士穎、孫光丙和孫光庭。

後來薛氏過世了，徐蘭英這才成爲孫洙的續弦。但我們還是不知道蘭英嫁給孫洙的經過，也不知道她是如何撫養帶大前妻的三個兒子。然而史書中又確實記載了蘭英父親的想法：「其父家有貲，而所出微，故世家無與爲婚，而小家其父亦醜之。」這就是蘭英的不幸了！原來她父親是個小氣鬼，那麼有錢，卻很吝於付出，因此與他們家世背景相當的人家，都不願意與蘭英結親；至於那些窄門淺戶的人家，徐父又看不上眼，因此蹉跎了蘭英的青春，最後她只能嫁給孫洙這樣一個帶著三個小拖油瓶的鰥夫。

有好事者不相信在浩如煙海的史冊中，竟會找不出一絲一毫徐蘭英曾經在這世上走過一遭的痕跡。爲此上窮碧落下黃泉，最後終於找到一首她的詩：「名重金閨老畫師，一枝新豔寫芳姿。月中昨夜分明見，半脫宮衣不語時。卻看春色滿君家，風舞霓裳爛若霞。爲愛新圖翻舊譜，殷勤覓句寫簪花。」她這首詩是為一位女畫家二泉女史所畫的芍藥圖題詠。

至此，學者們終於找到了一點突破口，至少知道徐蘭英與號二泉女史的鄒雪紅時相唱和，既然二泉是蘭英文壇與書畫界的閨蜜，那麼學者們可能可以從閨閣才女的交遊圈，再進一步訪查。果然他們又找到蘭英的兩首詩：「綠窗前後鵓鳩聲，小夢難忘說與鶯。何處是家空拜月，幾時無淚莫長生。豈知藥草翻添病，已送梨花不願晴。憔悴只宜隨孝女，杜鵑時相哭雙卿。」、「生小玲瓏福未圓，枉拋心力教嬋娟。花神舊感東皇贈，貶詔新頒燕子宣。布穀採桑愁證候，夕陽春雨病因緣。江南薄命知多少，第一佳人第二泉。」這兩首詩再度說明了蘭英與二泉女史的交情深厚。此外，她們之間互相心儀的好友，還有名為孫旭媖的孝女。

然而，許多年之後，官至四川按察史的顧光旭在他所編選的《梁溪詩抄》中，寫盡了與他同時代詩人的代表作。卻在寫到徐蘭英的時候，只留下了四個字：「詩稿盡失」。這對我們來說，無異於一聲嘆息。畢竟後世的學者也是費了九牛二虎之力，才找到她的兩三首詩而已。

而像蘭英這樣一位富於詩歌長才的女性，通常也會寫得一筆好字。「書法秀勁，與蘅塘相伯仲。」這行小字一出現，讀者們應該恍然了悟了，原來徐蘭英的丈夫孫洙就是著名的蘅塘退士。

《唐詩三百首》就是蘅塘與蘭英合力，從四萬多首唐詩中編選出來的精英之作。它模仿自最古老的詩歌總集——《詩經》，又名《詩三百》。

《唐詩三百首》名氣響亮，婦孺皆知，對於後世影響如此深遠。徐蘭英參與選詩、校定等過程中，披沙揀金，成果獲得後世好評，證明她與夫婿的眼光是正確的，也證明蘭英本人的文學底蘊深厚。

這樣一位女子，在歷史的長流中，卻幾乎完全淹沒無聞。其餘等閒之輩，便可想而知。是故我們在感慨之餘，應著力於挖掘古典文學女性的史料，打造一部新的女性文學史，藉此彌補她們在史冊中長期缺席的遺憾。

很久很久以後，徐蘭英的玄孫孫譔鴻，在自述中提到了他的祖奶奶。不僅欽佩她，而且指稱他的祖奶奶曾經得到皇帝御賜的一枚印章，上面鐫著：「江南女士」。這又是四個字，連同前面提到的「孫進士妻」與「詩稿盡失」，前後一共十二個字，就是我們今天能夠找到所有對於徐蘭英的描述和認識了。

稠花亂蕊——杜甫害怕

江畔獨步尋花

杜甫

江上被花惱不徹，無處告訴只顛狂。
走覓南鄰愛酒伴，經旬出飲獨空床。
稠花亂蕊畏江濱，行步欹危實怕春。
詩酒尚堪驅使在，未須料理白頭人。
江深竹靜兩三家，多事紅花映白花。
報答春光知有處，應須美酒送生涯。

東望少城花滿煙，百花高樓更可憐。
誰能載酒開金盞，喚取佳人舞繡筵。
黃師塔前江水東，春光懶困倚微風。
桃花一簇開無主，可愛深紅愛淺紅。
黃四孃家花滿蹊，千朵萬朵壓枝低。
留連戲蝶時時舞，自在嬌鶯恰恰啼。
不是愛花即肯死，只恐花盡老相催。
繁枝容易紛紛落，嫩葉商量細細開。

春天，像個慵懶的少女，斜倚著微風，撥弄，江水東流。岸邊綠汀上的花朵們，開得漫無邊際，笑得璀璨風華。

「啊！爲什麼？這些花朵像任性的孩子，既豔異又奔放，簡直讓我四顧茫茫，心煩意亂啊！」

你猜猜，我今天要談的這位既惱春又怕春的詩人是誰？

答案是鼎鼎大名的、詩風沉鬱之中帶有宏大的社會現實觀照，在文學史上最憂國憂民，向來被稱為詩聖的——杜甫。「江上被花惱不徹，無處告訴只顛狂。」、「稠花亂蕊畏江濱，行步欹危實怕春。」繁花亂蕊如錦繡一般，裹住詩人的雙足，也纏繞著我們的心。於是老杜的心裡著實害怕春天。

「東望少城花滿煙，百花高樓更可憐。」詩人極目遠眺，可喜之事映入眼簾，所幸在這麼可怕的「春天」裡，詩人還可以喝兩杯來壓壓驚。而此時離他最近的酒伴，應該就是鄰居吧。沒想到鄰居早已出門去覓酒了。「走覓南鄰愛酒伴，經旬出飲獨空床。」

「江深竹靜兩三家，多事紅花映白花。報答春光知有處，應須美酒送生涯。」、「這麼多花，沒事開得那麼美！眞是太嚇人了！我得多喝兩杯來壓壓驚。」杜甫如是說。

孤鴻海上來——曲江詩人張九齡

九齡曰：「祿山狼子野心，有逆相，宜即事誅之，以絕後患。」（《新唐書》）

我記得讀初中的時候很喜歡一首國樂曲〈秦王破陣樂〉。這首曲子聲韻慷慨，氣動山河。尤其是打擊樂中有樂手擂動大鼓的樂段，聞之令人精神提振！樂聲中我彷彿看見了一個威風抖擻，睥睨昂藏，勢若虎賁的神武將軍，在黃沙滾滾的戰場上，率領大軍衝鋒陷陣……。

於是在那天天都要準備升學考試的年頭，我早也聽，晚也聽，既然是喜歡，每回聽了這支樂曲，便覺得整個人充滿了精神和活力！

〈秦王破陣樂〉的「秦王」乃是李世民。他二十歲不到，已封爲天策上將，陸續平定了薛仁果、劉武周、竇建德、王世充等割地群雄，爲唐朝立下赫赫戰功。爲了慶功，也爲了標榜李世民開疆拓土的雄心壯志，自隋末起，便流傳著〈破陣樂〉這樣慷慨激昂的軍歌。北宋紹聖年間精通樂律的禮部侍郎陳暘在他著名的《樂書》中記載著：「唐〈破陣樂〉屬龜茲部，秦王所制，舞用二千人，皆畫衣甲，執旗旆，外藩鎮春衣犒軍設樂，亦舞此曲，兼馬軍引入場，尤壯觀也。」如此壯盛威宏，場面浩然，編制高達二千人的樂舞演出，曾經一再地引發我的想像空間。

多年後，再次看到〈破陣樂〉，是在清代著名的傳奇劇本《長生殿》的第三齣〈賄權〉裡。這段戲開場第一曲就是「破陣子」，隨著樂聲，將一個囚犯安祿山給帶上場了。

與李世民相比，安祿山在〈破陣樂〉的背景下，身上穿著射箭的衣服，頭上戴著氈帽，唱詞中流露出悲憤的情緒：「失意空悲頭角，傷心更陷羅罝。異志十分難屈伏，悍氣千尋怎蔽遮？權時寧耐些。」

與隋唐時期歌頌李世民的驍勇不同的是，這裡的〈破陣樂〉唱出了一個倒楣鬼，這個倒楣鬼就是安祿山，原來安祿山在幽州節度使張守珪的麾下擔任平盧討擊使和左驍衛將軍時，因受命攻擊奚、契丹，卻不料因輕敵驕傲而慘遭敗北，以至於按律當處極刑，於是他想要走賄賂楊國忠的門路來拯救自己。

當他被押解到京師問罪時，丞相張九齡主張：「（安祿山）不宜免死。」我們看《舊唐書》的記載：「時范陽節度使張守珪以裨將安祿山討奚、契丹敗衄，執送京師，請行朝典。九齡奏劾曰：『穰苴出軍，必誅莊賈；孫武教戰，亦斬宮嬪。守珪軍令必行，祿山不宜免死。』」春秋時代，齊景公拜司馬穰苴爲上將軍，指望他能收復被晉、燕兩國所占之地。穰苴爲了樹立威信，請景公派一位大臣作爲監軍，景公於是派出他的寵臣莊賈。穰苴立即和莊賈約定：「明天中午，在軍營正門前閱兵。」莊賈雖然答應了，但是他一向驕橫無禮，第二天他與親友飲酒，以至於誤了閱兵的時間，穰苴便要依軍法將莊賈處斬。

張九齡舉這個例子是在說明，爲了軍隊中必須樹立威信，因此安祿山留不得。張九齡就是這樣一位執法很有原則，又能堅持自己理念的丞相。然而《舊唐書》接著繼續寫張九齡的看法時，卻出現了讓我們感到疑惑的言語：「上特舍之。九齡奏曰：『祿山狼子野心，面有逆相，臣請因罪戮之，冀絕後患。』」我們同時也看《新唐書》的記載：「九齡曰：『祿山狼子野心，有逆相，宜即事誅之，以絕後患。』」唐玄宗想保安祿山，而張九齡卻堅持要殺安祿山，雖然我們可以從事後來證成他的堅持，然而從史書的記載來看，張九齡竟然是以面相學的角度來預言安祿山的謀反，況且他此話說在開元年間，而安史之亂乃發生在天寶以後，張九齡當初眞的能夠以看面相來預知二十二年後安祿山會發動軍事叛變嗎？可見兩唐書思想與史觀之陳舊，其書寫亦不脫後見之明。我想這應不是張九齡之過了。

除了他性格正直之外，張九齡作爲唐朝最重要的大詩人之一，他究竟寫了哪些著名的詩歌？而這些作品又能給我們帶來什麼樣的生活想像與啓發呢？讓我們一同來品賞。

生命中不可承受之輕——詩人喜雪

和姚令公從幸溫湯喜雪　　張九齡

萬乘飛黃馬，千金狐白裘。
正逢銀霰積，如向玉京遊。
瑞色鋪馳道，花文拂彩旒。
還聞吉甫頌，不共郢歌儔。

一九九五年冬，我第一次到東北哈爾濱參加紅學會議，主辦單位以冰雕建造了一座大觀園，有怡紅院、有瀟湘館……，每一間屋子裡都點了燈，燈光將冰屋照射得晶光燦爛！我們在這些冰塊屋裡穿梭，到處尋找紅樓夢中人的身影，既好奇又驚豔！完全忘了身在零下二十八度的雪國。回臺之後，無意間又看了一部電影，也是在天寒地凍的北方，女主角在晚餐後詢問男友願不願意一起吃冰淇淋？男友欣然同意，於是女主角轉身走到窗邊，打開窗戶，從陽臺上拿冰淇淋下來……。那段時間的見聞，使我對雪地裡的人生和他們的生活美學有了新的體會。

還有一次，也是在冬天，我們登上黃山，下榻旅館，閒暇之餘，坐在大廳閒聊，突然有一群來畢業旅行的大學生，一窩蜂地衝到落地窗前觀看，我也好奇，擠上前去想看看窗外發生了什麼事情？一接近落地玻璃窗便立刻發現，天空正降下了冰雹！一顆顆圓圓的冰塊，像彈珠，學生們樂得跑出去撿拾，我也放了兩顆在手心上，戴著手套的溫暖掌心，很快地就將小圓冰給融化了。

而最難忘的一次，是到北歐看極光，進入了北極圈，看見當地人的冰屋，而且路上積雪很深，淹沒到我的膝蓋。在那永夜的世界裡，白雪是最美的光！空中持續安安靜靜地搓棉扯絮，而我在朦朧氤氳之中，爲這白淨寧謐的小城，感動不已！

最夢幻的一次，是清晨天剛剛亮，我在睡夢中醒來，一時間睡意猶濃，瞥見窗外，誤將巴黎郊區一排排獨棟的小木屋，屋頂上覆蓋的厚厚白雪，認成了童話世界裡聖誕節薑餅屋上的糖霜。

還有那最難理解的一次，是在五月底六月初，臺灣各大學接近學期末，準備要放暑假的時候，我們到了美國懷俄明州，進入大學參觀，認識他們古老建築的圖書館，也看到這裡著名的醫學院……，但是愈走愈冷，終於天上飄下了冰霰，《紅樓夢》裡稱之爲「雪珠兒」。我當時穿著春夏裙裝，頂著寒風雪霰，看到美國人身上穿的其實也不厚重，卻仍然若無其事地在空曠的戶外廣場上，逆著大風爲我們介紹校園環境，當時我只希望快快結束導覽，如今回想起來，反而覺得很有趣！

既然雪花紛飛是那樣的令人感受到生命中不可承受之輕，那麼我們還是選擇在暖房裡，一邊啜飲熱茶，一邊欣賞書中的雪景吧！

古來詩人詠雪，我喜歡齊梁時代的作品。註釋《三國志》的著名史學家裴松之，他的曾孫裴子野不僅是歷史學者，同時也是個好詩人。他形容雪的速度：「飄颻千里雪，倏忽度龍沙。」形容雲裡風中的雪景：「從雲合且散，因風卷復斜。」最美的是，他以翻飛的蝴蝶和飄落的飛花來形容落雪：「拂草如連蝶，落樹似飛花。」將蕭瑟的冬季寫成了繁花似錦的春天。

巧的是與裴子野同年出生的文學家吳均也有形容得又貼切又細膩雅致的詠雪詩。他說：微風輕輕地搖動著庭院裡的枝葉，空中飄下了細細的白雪，都落在了簾幕上。那迴旋的風雪恰如迷霧。凝結在臺階上的，恐怕不是雪，而是清雅脫俗的白花。這美麗的世界還看不見春天的腳步，卻已經教人欣賞了桂枝上與花並美的瑞雪。吳均詩云：「縈空如霧轉，凝階似花積。」像這樣語言曉暢，沒有生難詞，也不堆砌詞藻，卻又形容得恰當妥帖，再加上修辭的雅致清麗與脫俗，吳均奠定了齊梁時期典型的詩風。當時人稱讚吳均的詩：「清拔有古氣」，因爲影響很廣，所以也被稱爲「吳均體」。

到了唐代張九齡的詠雪。則又是另外一番風情。他的〈和姚令公從幸溫湯喜雪〉，其實吟詠的是冰霰，在那銀妝素裹的世界裡，詩人說：「正逢銀霰積，如向玉京遊。」彷彿使人置身暢遊在神仙的天堂，「瑞色鋪馳道，花文拂彩旒」。雪景讓張九齡寫得這樣美輪美奐，字裡行間透顯出宮殿的華麗和節慶的喜氣！在眾多詠雪詩中，則又是一絕！

從「病橘」到「橘虐」——文人的橘子美學

感遇十二首之七

張九齡

江南有丹橘，經冬猶綠林。
豈伊地氣暖，自有歲寒心。
可以薦嘉客，奈何阻重深。
運命唯所遇，循環不可尋。
徒言樹桃李，此木豈無陰。

杜甫愛吃橘子嗎？他有好幾首詩都寫到了柑橘。不過老杜自是老杜，他不僅有「三吏三別」和〈茅屋爲秋風所破歌〉，就連描寫橘子這樣一件微小事物，也反映了社會的動盪，給百姓帶來的苦痛和災難。他親眼目睹了許多人爲官吏所逼迫和奴役，因而飽受折磨。杜甫對他們寄予深切的同情，於是寫下了〈病橘〉：「群橘少生意，雖多亦奚爲。惜哉結實小，酸澀如棠梨。」

當時杜甫在四川建了成都草堂，他看見當地的橘園因病蟲害的侵襲，導致橘子又小又酸又澀，根本不能吃。「剖之盡蠹蟲，採掇爽其宜。紛然不適口，豈只存其皮。」災害持續擴大，那橘葉雖然不忍離開樹枝，可是在無奈的情況下，也只能隨著寒風紛紛飄散，而果農們亦是個個生活困窘，經營慘淡。這情景使他聯想起從漢代以來，宮廷每每責令地方飛馬進貢荔枝，所謂「一騎紅塵妃子笑，無人知是荔枝來」。杜甫寫〈病橘〉時，楊貴妃離開人世已經六年。而安史之亂仍是正在進行式。因此這不能算是歷史的教訓，只因爲這是杜甫那一代所有的人當下的切身之痛！「憶昔南海使，奔騰獻荔枝。百馬死山谷，到今耆舊悲。」詩人託物言志，即使歌詠小小事物都能引發深刻的道理。

除此之外，老杜也有輕鬆愜意悠閒地享受一個人緩緩散步的時光。他在〈十七夜對月〉裡說，八月十七依舊月圓，他在月光下拄著竹杖散步，本來是看著水中的倒影，引起了他許多的遐想，卻在快要回到茅屋之前，不經意地被橘子樹和柚子樹所散發出來的香味給驚得回神了！我自己也很喜歡橘子花與柚子花的香味，住在宜蘭的時候，鄰近的居民種著許多這樣的果樹，每當開花時節，我總是能夠聞到陣陣清新迷人的花香！杜甫說：「茅齋依橘柚，清切露華新。」那麼他所暢然呼吸到的芬芳，除了橘子花與柚子花的香氣之外，還有一股清涼的露珠氣息，沁入肺腑，想來當時他一定覺得十分舒暢，也很慶幸茅屋附近有這些果樹吧！

其實不僅是杜甫喜歡寫橘，孟浩然也曾有「庭橘似懸金」，一顆顆水水的橙橘垂墜在枝頭上，確實讓人感到很有價值與分量。還有著名的田園詩人韋應物，他的詩雖然語言簡淡，那感情和意蘊卻都很眞摯而深遠。因爲朋友臥病時很想吃橘子，於是詩人「試摘猶酸亦未黃」。韋應物在這首「青橘絕句」中，留下了一個很美的願景：「書後欲題三百顆，洞庭須待滿林霜。」這個典故應該是來自於王羲之的〈奉橘帖〉：「奉橘三百枚霜未降未可多得」。從現藏於臺北國立故宮博物院的雙鈎摹本來看，這位生活在四世紀的大書法家無疑也是一位生活美學家。他深知在這一日冷過一日的氣候下，許多的水果和蔬菜勢必要經過霜降，才能產生豐美與甜蜜，也就是生命要經過霜雪的冷酷考驗，方能體會甜的滋味。書聖渴望的就是那份經霜的美感。

還有一位不能不提到的生活美學家——張岱，他是晚明的一個奇才，他能焙茶、煮茶、烹調各種美食、彈琴、唱戲、鬥雞、蹴鞠、骨牌……，並且精研戲曲的唱腔、身段和扮相。他自稱：「少爲紈袴子弟，極愛繁華，好精舍，好美婢，好孌童，好鮮衣，好美食，好駿馬，好華燈，好煙火，好梨園，好鼓吹，好古董，好花鳥，兼以茶淫橘虐，書蠹詩魔。」文中提到了「橘虐」，因此他也很懂得橘子的美學：「樹謝桔百株，青不擷，酸不擷，不樹上紅不擷，不霜不擷，不連蒂剪不擷。故其所擷，桔皮寬而綻，色黃而深，瓤堅而脆，筋解而脫，味甜而鮮。」這是他的名著《陶庵夢憶》裡的一段話。這位小品文大家對於橘子的要求和品味已超越一般人，他要的是經霜之後的樹上紅，而且必須連蒂採擷，並挑選橘皮較厚，顏色較深者，方可以保證其味道甜美而又新鮮！

最後我們再看看張九齡的橘子詩：「江南有丹橘，經冬猶綠林。豈伊地氣暖，自有歲寒心。可以薦嘉客，奈何阻重深。運命唯所遇，循環不可尋。徒言樹桃李，此木豈無陰。」這首詩的標題名爲〈感遇〉，起因於唐玄宗開元二十五年，張九齡在丞相的位置上遭到讒言毀謗，因此被貶爲荊州長史。他自忖一片忠心，卻遭貶謫，故而心中悲憤，寫下了十二首〈感遇〉詩。於是我們看出詩中的丹橘，其實就是張九齡的自我寫照。那江南的橘樹即使在冬天也長青，這不一定是因爲南國氣候暖和，而是橘樹也有松柏的品格，耐得住霜寒。這麼好的果實很可以拿來宴請嘉賓，只可惜山重水阻，沒辦法讓人知曉它的甜美。人的命運也如同這橘子？都說「桃李不言，下自成蹊」，其實作爲丹橘，同樣可以大樹成蔭，造福世人，貢獻無量功德。

我們再度看到詩人託物以言志，在一顆小小的橘子上大作文章，從而表現自己，剖析自己，也成就了自己。

立春時節該「躲春」——春天的政治思想與生活哲學

立春日晨起對積雪　張九齡

忽對林亭雪，瑤華處處開。
今年迎氣始，昨夜伴春回。
玉潤窗前竹，花繁院裡梅。
東郊齋祭所，應見五神來。

春天來了！李白說：「春草如碧絲」；杜甫靜靜地感受著：「潤物細無聲」；王維一心守候相思紅豆「春來發幾枝」；孟浩然較爲悠哉，一夜好睡之後，醒來不禁輕嘆一聲：「春眠不覺曉」；然而賀知章可就沒有那麼舒服了，因爲他分明感覺到：「二月春風似剪刀」。

在孟加拉，他們漫天噴撒彩色繽紛的粉末，使人彷彿進入了童話世界。在尼泊爾，他們只撒紅色的花朵與紅粉，以「灑紅節」來迎接春神。在保加利亞，他們樹立起十二公尺高的巨型篝火，並且載歌載舞，歡樂享受春的氣息。在西班牙，人們穿上羊皮與蕾絲，上街遊行，踩踏著春天的舞步……。

那麼中國人在立春這一天做什麼呢？答案是「躲春」。這是眞的！在傳統的民俗學中，立春這一天是應該要躲春的。因爲在不同的節氣與前後干支交接的關卡上，萬一稍有不慎，很可能影響一整年的運氣。於是爲了愼重起見，便出現了各種不同的躲春習俗。最常見的是避免搬家、理髮、探病、辦喪事，而且也要遠離口舌是非之爭，總之是希望大家和睦相處，讓整體的環境和氣場充滿祥和融洽的氛圍。在飲食方面，則宜多吃些容易發散的食物，譬如辛香類的食材，如此可以促進血液循環和新陳代謝。當然還可以去走春，讓心情安穩又愉快。

因爲立春是二十四節氣之首，在度過了一個嚴寒的冬天之後，大地再度回暖，於是有些地方的人們以春泥捏塑出一隻春牛，然後象徵性地以紅綠絲線編織成的鞭子抽打春牛，這樣的儀式是爲了祈福，希望新的一年莊稼豐收，民生安樂。在農耕社會裡，類似這樣的打春習俗還有非常多的形式。

總之，當春天降臨的那一刻，在遙遠的世界彼端，許多人正歡欣鼓舞地迎接新生活之際，古老中國人的內心深處仍然存在著危機意識，因此以韜光養晦，閉門修行，隱藏而不外露的生活方式來度過這個敏感的時刻。

同樣是逆向操作，對於文人而言，春天到了，該欣賞什麼呢？答案可不一定是春花呦！唐代詩人張九齡告訴我們，春天到了，應該欣賞「殘雪」。他在〈立春日晨起對積雪〉一詩中說道：「忽對林亭雪，瑤華處處開。」如同白玉一般映射出華彩光芒的積雪，使他感受到回暖的氣息已經來到人間。而這一夜之間轉換過來的美好，其實也就像杜甫所說的：「隨風潛入夜」。

面對著大地春回，詩人該躲躲春，於是將自己藏在書齋裡，一邊欣賞著窗外如同翠玉般溫潤的竹子，同時也有多姿多彩的繁花來陪伴原本立在小院中的一剪梅：「玉潤窗前竹，花繁院裡梅」。在小亭子與書齋裡待久了，卻也想要走走春，那麼得往東方走，因爲在五行中，春天屬木，方位乃是正東方。原來一年四季與二十四節氣之中有所謂的「四立」：立春、立夏、立秋、立冬，此四者乃屬於旺盛的節氣，春天屬木，夏天屬火，秋天屬金，冬天屬水。除了春天的方位是正東方以外，夏天爲正南方，秋天是正西方，冬天是正北方。因此，張九齡在立春這一天，他往東方走，而正當詩人漫步於東郊，他似乎也看見了掌管春天的神正向他迎面走：「東郊齋祭所，應見五神來。」於是我們知道，在古老的儒家思想觀念裡，其實也有春神，古人特稱之爲「青帝」。原來《周禮》中有「五帝」之說，而《史記正義》引《國語》進一步指出五帝的名字：「蒼帝（或曰青帝）靈威仰，赤帝赤熛怒，白帝白招矩（或曰白招拒），黑帝協光紀，黃帝含樞紐。」

春天在五行中對應的是木，在方位上應屬東，至於在五色中則是青色。漢代以降，儒家學者做如此的對應，能使帝王在各種祭典儀式中，尊重節氣，體恤民生，並且時常巡行四方，進而關心民瘼，查察百姓疾苦。這也是一番苦心孤詣，而身為大唐名相的張九齡，對這套立論應是比一般人擁有更深切的體認。

坐看雲起時——王維說「偶然」

輞川圖 王維

老來懶賦詩，唯有老相隨。
宿世謬詞客，前身應畫師。
不能捨餘習，偶被世人知。
名字本皆是，此心還不知。

當我偶然間發現唐朝的詩人偏愛書寫「偶然」的情境時，便引發了我的嚮往之心。雖然我們在生活中所遇到與談到的偶然，幾乎都是已經超越一般常情的意外狀態，但是詩人的偶然，卻又與我們的經驗更不一般。王維說：「興來每獨往，勝事空自知。」這就是在偶然的情況下突然有了興致。因此他之「行到水窮處，坐看雲起時」，那就更是偶然中的偶然了。更別說再下一聯，直接就告訴我們：「偶然值林叟，談笑無還期。」這是在一連串偶然的心境底下，展現出一個開闊的心胸與豐沛的內心泉源。王維不期然地遇見了一位林間的老先生，因爲與他輕鬆地說說笑笑，氣氛又好，心情也很開懷，於是和他聊著聊著，竟然忘了回家！

王維在中晚年以後，整個人所透顯出來的「時間感」或說「時間意識」是朦朧的。許多客觀現象在他的感覺中是具有延續性的。因此偶然在山林裡遇見老人，接著展開一場投契的談話，這件事便在王維的意識裡，留下了如同長長的影子般無盡綿延。所謂「談笑無還期」，就是他在記憶中無限地延長了當初那段快樂的時光。其實我相信，當年坐看雲起時，也曾經忘了時間，因而完成了生活。

有腦神經科學家認爲人長大以後，常覺得時間過得好快！那恐怕是因爲在大人的世界裡，生活上了固定的軌道，使人對於所有事物的運作都熟悉到不能再熟悉。因此連同時間感知的能力也漸漸消磨時，對生活中所有事物和現象也就跟著失去了細膩的思考與幽深的體悟，於是一切只能是倉促和凝住的。然而當王維順著溪水往上溯循，到了盡頭又看起滿天變化無窮的雲彩，他欣喜又好奇的心被喚醒了，青春時代的熱愛與夢也從此復現。於是他的時間感模糊、延長而且暫緩了。就如同張愛玲在《半生緣》裡說的：「對於中年以後的人，十年八年都好像是指顧間的事。可是對於年輕人，三年五載就可以是一生一世。」

他這首〈終南別業〉一切都起源於一個偶然，偶然間走入山林，偶然間看見美景，偶然間遇到一個能夠暢快交談的人，偶然間發現自己忘了回家。因爲此時他的心境也並不急著要回家。人生多歧路，有時順著偶然興起的興致，說不定能夠走出一條迥異於以往的生活道路。於是王維的偶然，比我們一般人所遇到的意外之情，多了一分「禪意」，也多了一分哲學之美。

其實王維眞的有一組詩，就稱爲「偶然作」，一共六首，最後一首題目是〈輞川圖〉。詩云：「老來懶賦詩，唯有老相隨。宿世謬詞客，前身應畫師。不能捨餘習，偶被世人知。名字本皆是，此心還不知。」輞川是王維晚年隱居的地方，他在這裡住了十年，並且將生活的點點滴滴都寫進了《輞川集》。其中的「偶然作」不再只是說自己：「中歲頗好道」、「晚年唯好靜」，現在他已經到了「老來懶賦詩」的地步了。而年老的感覺是什麼呢？其實就是「老了」，是人到暮年時該有的感受，他一樣也沒有少。回想從前，有些事情已經非常遙遠，就像前世的回憶一般，那時因爲有個「壞習慣」，老愛塗塗寫寫，於是被稱爲詩人，而他的名字也是「偶然間」被人們給記住的。王維是那樣的平靜、安然地接受自己步入晚年的事實，也知道名號這種事將來恐怕都會成爲如煙的往昔，本不該執著，尤其是學佛之後，更要讓自己的心清清淨淨，純潔無瑕。寫詩是沽名釣譽的利器。懶作詩，對於學佛之後的王維來說，才能夠眞正讓自己斷盡煩惱，究極解脫。

他說：「不能捨餘習，偶被世人知。名字本皆是，此心還不知。」那是用「偶然」這個詞來形容那些記得他詩名的人，能夠有這層體會，他便透視了生命的眞相。因此「偶然」在王維的筆下絕非偶然，它是能夠讓王維看清楚名利皆虛幻的一副清亮的眼鏡，戴上它，才能讓世人將許多事情眞正地放下。

凝碧池的傷心史——王維背過臉去

菩提寺禁裴迪來相看說逆賊等凝碧池上作音樂供奉人等舉聲便一時淚下私成口號誦示裴迪　王維

萬戶傷心生野煙，百僚何日更朝天？
秋槐落葉深宮裡，凝碧池頭奏管弦。

我之所以對王維的長相開始產生好奇，並不是因爲《鬱輪袍》中所稱：「維妙年潔白，風姿都美，立於前行。公主顧之……。」雖然鄭還古的故事說得很動聽！他說王維年未弱冠，而妙能琵琶。不僅如此，兩唐書裡都記載著王維看見一幅畫，便能指出此〈按樂圖〉爲：「《霓裳》第三疊最初拍也。」大家當場請樂工來依圖按曲，果然是《霓裳》第三疊最初拍也。難怪當年玉眞公主對王維一見傾心，當場將他列入年度科舉榜單之中，而且很滿意地說：「京兆得此生爲解頭，榮哉！」

這個故事也被同時代的小說家薛用弱寫進《集異記》中。之後明代的戲曲家王衡更將王維走公主的門路而踏上仕途的故事寫成了一套雜劇劇本。以上這些正史與稗官所交織而成的文本系列，對於我們中文系的人而言，或許是太過於熟悉，因此連帶地對王維這個人也失去了好奇感。直到我看見了一幅畫……。

那是在清代初期的《晚笑堂畫傳》中，畫家上官周畫了一幅王維的肖像。畫中人頭上戴著一頂平頭小樣的襆頭，身上穿著褒衣廣袖，略顯得清瘦而弱不勝衣。畫中的王維採坐姿，單露出側面一手一足，纖指修長，確實顯現出文人與藝術家的氣息。

可是最令人不解的是，這幅畫中的人物其實是徹徹底底背對著觀眾的。爲此我特別去查了康熙三十三年的《無雙譜》，清代的名畫家金古良在這本畫冊中，也畫了以背影呈現的人物，此人是唐末五代執法嚴明的河東監軍張承業。他在歷史上以忠心護主，並且善於主持內政而聞名。張承業終身爲天下社稷著想，最後因皇帝之不可勸諫，便絕食而死。面對這樣一位終身運籌謀劃之人，畫家給予他的身影是雙手在背後交叉，而也許是怕這個交叉不夠明顯，金古良特別將張承業的袖子拖得很長，讓人看出他運籌帷幄、思量再三的肢體語言。

更重要的是，這幅畫中的人物並不是徹底背對著觀眾的，事實上張承業是微微回頭的姿態，似乎是在回顧，也像是在側耳傾聽周遭的動態。總之給人的觀感應該是積極面對問題的形象。

但是《晚笑堂畫傳》裡的王維則不然，畫中人不僅背向觀眾，而且是偏過頭去，做出一副絕對不願再迴轉的姿態。他雙手攤在椅子的扶手上，給人一種放棄，而且不願再提起的印象。這不由得讓我想起安史之亂給他的重大打擊，使他不再眷戀這個塵世。《新唐書》記載：「安祿山反，玄宗西狩，維爲賊得，以藥下利，陽瘖。祿山素知其才，迎置洛陽，迫爲給事中。祿山大宴凝碧池，悉召梨園諸工合樂，諸工皆泣，維聞悲甚，賦詩悼痛。」當安祿山攻入京城，占領皇宮，王維立刻吞藥讓自己的喉嚨啞掉，卻仍然沒有逃過一劫，根據《唐詩紀事》的記載：「安祿山引梨園子弟大宴於凝碧池，樂工雷海青不勝憤，擲樂器西向大慟，爲賊所磔死。」面對雷海青被淩遲肢解，王維痛心疾首，寫下：「萬戶傷心生野煙，百僚何日更朝天？秋槐落葉深宮裡，凝碧池頭奏管弦。」

安史之亂結束後，朝廷清算投靠安祿山的官員，王維被捕下獄，最後是他的弟弟王縉「請削官贖維罪」。而王維得救後，便更加潛修佛學，過著食不葷，衣不文彩，別宿於輞川的生活。

畫家上官周將一幅作品中最能夠讓人辨識其喜怒哀樂的面孔給隱去，取而代之的是一副拒絕往來的背影和姿態，也許他是想替王維抱不平，所以眞正義憤不能釋懷的是畫家本人，而不一定是王維。王維最終還是看開了，唯有畫家千百年後猶替他抱屈。

那麼觀賞畫作的人又是怎樣的想法呢？我們永遠無法與作品中的人物正面相對，永遠看不見畫中人的臉孔和表情，這時心中油然而生的是一股不安的感受，至少我個人在觀看這幅畫的時候，體會到了畫家想表現王維的憂傷與哀思。當一位畫家以背影來呈現人物時，這個人是否妙齡？是否風姿俊秀？是否年輕帥氣又能彈琵琶？其實都已不重要，表情和臉蛋能夠表現的力道太膚淺，唯有以全身的姿態來演繹其思想，我們才會深深地感受到畫中人內心的苦，以及他生命中所遭遇到的痛。

這幅永遠以背面示人的作品，眞正觸碰到了我的心。

聽風・讀水・想雲——寫詩的唐人

蒲中道中二首　暢當

蒼蒼中條山，厥形極奇魂。
我欲涉其崖，濯足黃河水。

古刹棲柿林，綠陰覆蒼瓦。
歲晏來品題，拾葉總堪寫。

「迴臨飛鳥上，高出世塵間。」、「寂寞一悵望，秋風山景清。」不知道別人讀到這樣的詩句時，會興發什麼樣的感受？當我讀到你的詩句，眼前彷彿眞出現了一個人，他看起來既孤標傲然又與世無爭。你像是一隻孤獨高飛的鳥，世間沒有你的同伴，所以你只好往更高的天空去翱翔，去探訪，去追尋。我猜你的個性一定也不願意隨波逐流，和光同塵。

我開始關心你的生活起居和人際關係。繼而讀到了你另外的詩作：「拙昧難容世，貧寒別有情。」果然不出我的臆測，你性情上的潔癖已使得你不見容於當世，但是，我想以你如此孤僻的性格，甚至於是不願意與時舒卷的。如果眞是這樣的話，那麼你在旁人的眼中還眞是個怪人呢！然而這世界之大，何處才是你的容身之地呢？我開始東翻西找，終於找到了！我找到了你的隱居之處，也終於明白了你的心志與願望：「蒼蒼中條山，厥形極奇磈。我欲涉其崖，濯足黃河水。」原來你住在秦嶺與太行山之間的中條山，這裡是黃河與洛水的交匯處，那也就是中原河洛文化的發祥地了。而我知道這裡也是每逢戰亂年代，文人身體與心靈的避難所。那親身經歷亡國之痛，著有《二十四詩品》的詩人司空圖，為了躲避民變軍黃巢的入侵與招攬，他亦選擇了中條山作為隱遁之地。

我說你怎麼會找到河洛文化的源頭來作為棲身之所？

原來你根本就是河洛人！「僕本濩落人，辱當州郡使。量力頗及早，謝歸今即已。蕭蕭若凌虛，襟帶頓銷靡。」你能夠在官場上及時抽身，絕對是明智的選擇，連我都為你額手稱慶！然而我更為你慶幸的是，你能夠在山林小路的盡頭，找到一處清幽靜謐的住所，那等於是為自己文學創作的人生目標，鋪出一條無阻礙的坦途。所以我欣賞你的詩，不是沒有道理的，尤其是那首：「古刹棲柿林，綠陰覆蒼瓦。歲晏來品題，拾葉總堪寫。」一句「綠陰覆蒼瓦」，好有畫面！好有意境！在混濁的官場上急流勇退，走入深山古剎，寫詩寫在落葉上，你眞是個天生的詩人，天生的詩人就該活得像一首詩。而詩人也不一定要鬱鬱寡歡，踽踽獨行。我看到你接待朋友時眞是非常非常快樂！每每在這樣的時刻，笑容會掛在你的嘴角一整天。

讀著你的詩，我想我和你是一樣的，很喜歡在秋天寧靜的午後聽風，看水，想雲。有時候你想找個人說說話，譬如來山裡巡狩的獵人。但最後你還是寧願默默地舉目遙望那高鳥獨飛。

山中歲月伴隨著夕鼓晨鐘。你和另外一位詩人李咸用不同，他也結廬在仙境，也是滿眼秋山情，他將一身的榮辱拋給了澄淨的藍天，從此「朝鐘暮鼓不到耳，明月孤雲長挂情。」我覺得你的境界更高，你主動欣賞著每一回佛寺梵樓的鐘聲響起，你也留心每天向晚時分，滿天的星光由黯淡漸次熠熠明亮的一刻，簡直比日出更迷人，你讚嘆夜空，你說百看不厭。在眼裡充滿繁星的同時，風中送來蘭花的氣息，你深深呼吸，然後將視角轉向月光下蒼蒼的，樹影。於是我意識到在你視線所到之處，美，就在那裡。

然而我最欣賞的還是你的名字——暢當。一個默默寫詩的唐人。

一個失控的年代——一份堅守的愛情

兒童不識沖天物，漫把青泥汙雪毫。 關盼盼

安史之亂以後的唐帝國其實是窩囊得很，像一株到處都生了病蟲害的樹，已經不太可能再庇蔭世人了。但就算是個癆病鬼，它也依然頑強地支撐著，看起來就像是走夜路怕鬼的人，只能大聲吹口哨來給自己壯壯膽。只是明眼人早已看出，那些地方強大的節度使已經不可能也不需要再接受朝廷的控管了。

在這個一切都失控的年代，女詩人關盼盼可能是唯一不失控的存在。她守住了她的愛，用盡她寶貴的生命。關盼盼這位唐朝少數留名的女詩人，終究不讓鬚眉，在臨終前狠狠地修理了一代大師白居易。這麼有個性的一個娘子！她的男人豈能是泛泛之輩？

西元八百年整，那一年的徐州風雨飄搖，動盪不安，兵拏禍結使人心得不到安寧與平靜。

那年徐州刺史張建封去世，判官鄭通誠暫時代理。不久之後，朝廷派了韋夏卿來主政，但是這位新任的官員卻壓根兒沒有來赴任。代理守城的鄭通誠因聽聞軍心不穩，恐怕即將要發生叛變。剛好這時候，從浙西來的軍隊正通過徐州，鄭通誠便向他們請求支援。沒想到這件事保密不周，被徐州的軍隊獲悉，當場有近六千士兵衝入兵器庫房取出武器，將府衙團團包圍，不久之後，徐州的士兵們殺了鄭通誠，擁立張愔管理徐州。這個冒出頭來的張愔就是關盼盼的男人，日後的武寧軍指揮官。

然而張愔並沒有得到朝廷的應許來管理徐州，事實上唐代中晚期以後，很多地方都發生過類似的情事，因爲朝廷其實也怕沒面子，如果讓節度使一個個都自立爲王，那將使得帝國分崩離析，榮景不再。因此這回不僅不封張愔，還要特別派杜佑兼徐泗節度使，進而討伐張愔。

可是在渡過淮水的那一戰，杜佑戰敗了。接著朝廷再派泗州刺史張伾率兵來攻，結果又大敗。

就在此時，張愔卻提出與朝廷和解。我們想想：朝廷已是張愔的手下敗將，贏的人說要議和，輸的人怎敢不答應？於是朝廷只好起復張愔爲右驍衛將軍同正，兼徐州刺史、御史中丞，充本州團練使。不久，又正式授張愔武寧軍節度使、檢校工部尙書。

我推測張愔就是在手上的軍隊及權力達於巔峰的同時，爲他的愛妾關盼盼興建了「燕子樓」。這是一幢精緻的小樓，因爲它的飛檐挑角建造得靈動巧妙，如同飛燕，因此被稱爲燕子樓。

古典建築的屋角造型，猶如飛鳥展翅，其實原本是爲了調整垂墜下來的屋頂，造成採光不佳等問題；同時屋簷挑角也有利於排水，在這些實用的設計理念上去進行建築美觀的加強，無形中也就增添了人文之美的動態感，從而給人靈動、巧妙、優美的視覺藝術觀感。

雖然今天我們所看到的燕子樓，已經是歷朝歷代重整與修建過的，我們仍然可以領會造型別緻，陳設雅麗，花木扶疏掩映的精緻美感。

然而當我們進入門內卻看到牆上懸掛著趙樸初的字，內容是白居易詠燕子樓的詩句：「黃金不惜買娥眉，揀得如花四五枝；歌舞教成心力盡，一朝身去不相隨。」

原來張愔生病去世之後，他的妻妾便一個接著一個離去，令人想起一句話：「樹倒猢猻散。」只有關盼盼堅持守節，獨自住在燕子樓，直到好事的白居易爲張愔與關盼盼的故事寫下了那首詩，還有那更好事的司勳員外郎張仲素，他因爲是張愔的部下，於是將此詩轉給了關盼盼。

關盼盼的解讀是白居易在諷刺她，沒能爲夫殉情。於是主動絕食。臨死前，她也寫詩，而且用她的詩來責備白居易：「兒童不識沖天物，漫把青泥汙雪毫。」

關盼盼用生命成全的是愛情，以文字抒發世人不理解她而心生的憤懣，無形中已將燕子樓的美名與傳奇，宣揚得有色有聲。

蘭陵一族——鮑防的月令詩

狀江南．孟春

鮑防

江南孟春天，荇葉大如錢。
白雪裝梅樹，青袍似葑田。

北齊神武帝高歡，史冊對他如是記載：「目有精光，長頭高顴，齒白如玉，少有人傑表。深沉有大度，輕財重士，廣結士人，爲豪俠所宗。」這段文字出自《北齊書．神武上》。我經常捧著書幻想：這樣一位神采飛揚，顧盼生輝的人物，日後怎樣生出高長恭那樣的孫兒？

一樣是《北齊書》，記載蘭陵王：「長恭貌柔心壯，音容兼美。」他長相柔美，內心懷有壯志豪情，聲音與容貌都很迷人！因此《隋唐嘉話》裡便記載了高長恭戴面具作戰的故事：「高齊蘭陵王長恭白類美婦人，乃著假面以對敵，與周師戰於金墉下，勇冠三軍，齊人壯之，乃爲舞以效其指麾擊刺之容，曰『代面舞』也。」代面舞俗稱「蘭陵王入陣曲」。美男子受封蘭陵郡，因此世稱蘭陵王。

不過歷來曾封於蘭陵郡者，似乎都很貌美，而且家世背景雄厚。唐朝天寶年間詩人鮑防，苦讀出身，累官禮部侍郎，最後以工部尙書致仕。他的夫人受封爲蘭陵郡夫人，和高長恭出身北齊宗室一般，這位夫人是南朝梁宗室之後，她的曾祖父是懷州刺史蕭行贇，祖父是朝散大夫、太子洗馬蕭希，父親則是廬州愼縣令蕭中和。鮑防一生官運亨通，蘭陵郡夫人又是系出名門，這樣的婚配在古代可以說是天作之合了。

至於我所認識的鮑防在眾多唐朝詩人裡，也是一位銳意創作的詩人，尤其是他對於季節與時令的敏感，以及在修辭藝術上的心慕手追，凡此皆有其獨到之處。例如他以「孟春」爲題，這便是有意描述正月初的立春景象。詩人寫春天，並不泛寫，而是選擇孟春、仲春、季春中的第一段時期，這是一年的開始，所謂建寅之月，律中太簇，此時鮑防留心到池塘裡的荇葉、枝頭上的梅花，以及園中嫩綠的苔蘚，此時都顯現出豐厚感，因此令人感受到春天剛剛降臨人間，就帶來了萬物復甦生長茁壯的消息：「江南孟春天，荇葉大如錢。白雪裝梅樹，青袍似葑田。」繼正月之後，詩人再以聽覺與視覺的饗宴來書寫二月：「玄鳥初至禖祠。百囀宮鶯繡羽，千條御柳黃絲。」柳黃絲。更有曲江勝地，此來寒食佳期。」鮑防接著再寫屬於文人的三月上祀日：「世間禊事風流處，鏡裡雲山若畫屏。今日會稽王內史，好將賓客醉蘭亭。」鮑防寫出人文與自然調和的月令之美，不僅如此，在記錄他生平事蹟的碑文中聲稱他的詩：「刺譏時病，麗而有則，屬詩者宗誦之。」可見他的詩擁有多種風貌，同時在盛唐也得到了高度的評價。

生不逢時——儲光羲

效古二首

儲光羲

晨登涼風臺，暮走邯鄲道。曜靈何赫烈，四野無青草。
大軍北集燕，天子西居鎬。婦人役州縣，丁男事征討。
老幼相別離，哭泣無昏早。稼穡既殄絕，川澤復枯槁。
曠哉遠此憂，冥冥商山皓。

東風吹大河，河水如倒流。河洲塵沙起，有若黃雲浮。
赬霞燒廣澤，洪曜赫高丘。野老泣相語，無地可蔭休。
翰林有客卿，獨負蒼生憂。中夜起躑躅，思欲獻厥謀。

君門峻且深，踠足空夷猶。

田家即事

儲光羲

蒲葉日已長，杏花日已滋。
老農要看此，貴不違天時。
迎晨起飯牛，雙駕耕東菑。
蚯蚓土中出，田烏隨我飛。
群合亂啄噪，嗷嗷如道飢。
我心多惻隱，顧此兩傷悲。
撥食與田烏，日暮空筐歸。
親戚更相誚，我心終不移。

我想人的一生貴在生對了時代，就像沈三白在《浮生六記》開頭的第一句話，說自己生在乾隆年間：「正值太平盛世，且在衣冠之家，居蘇州滄浪亭畔，天之厚我可謂至矣。」沈復確實生活在一個令人嚮往與羨慕的盛世。所以連他自己都感到很幸福，因為生活在一個美好年代。

相反地，詩風直追陶淵明的唐代詩人儲光羲卻是一個與時代錯位的人。儲光羲是開元年間的進士，然而仕宦並不得意，於是他選擇隱居終南山，之後又出山擔任掌管祭祀的太祝，然後遷監察御史。時值天寶十四載，范陽、平盧、河東三鎮節度史安祿山引強兵勁卒，發動叛變，儲光羲眼見戰火蹂躪百姓，於是寫下〈效古〉：「大軍北集燕，天子西居鎬。婦女役州縣，丁壯事征討。老幼相別離，哭泣無昏早。稼穡既殄絕，川澤復枯槁。」、「翰林有客卿，獨負蒼生憂。中夜起躑躅，思欲獻厥謀，君門峻且深，踠足空夷猶。」如此紀實之作，又以天下蒼生為念，儲光羲的文學思想也可說是直追杜工部。然而不同的是，在安史之亂中，儲光羲被叛軍俘擄，因而不得已地接受了安祿山指派給他的職位。戰爭平定之後，他回歸朝廷，自行請罪，於是貶官南方，並死於嶺南。同時因為儲光羲晚年失節，是故新舊兩唐書都沒有為他立傳。這對一代文人而言，未得青史留名，恐怕才是最大的憾恨。

然而究竟安史之亂的苦果應該由誰來嚐？其實與儲光羲同時代的詩人，他們共同扛起了這個命運的枷鎖，李白、杜甫、王維……，一個也沒逃過此劫。然而這個劫數又是怎麼來的呢？以陳寅恪為首的學者從當時漢人的「胡化」談起。原來我們長期以來被史書所建構出來的想像畫面給侷限住了，因此每談起安史之亂，總離不開唐帝國與邊疆的政治問題。其實當時胡人已經逐年大量地遷徙到幽、營之地，也就是今天的河北一帶，於是胡人對於河北政治和軍事也就漸漸地握有掌控的能力與權力。等到時機成熟，就像水漲船高，安祿山這一號人物便趁勢崛起。因此並非安祿山藝高人膽大，而是大勢所趨，因而形成了安史之亂。因此《舊唐書》說當時朝廷起用寒族與蕃人，並且專任他們爲大將，最後「竟爲亂階」，這樣的說法已受到質疑。

將安史之亂歸於北方社會胡化，這類的說法，頗有新歷史主義的觀察視角。他們卸下了安祿山神祕的個人英雄色彩，還原他本來的面目，讓我們再度看到歷史的演變與發展，從來不是個人意志所能夠主導的。

個人既然不能左右大時代，於是也就不能完全控制自己命運的走向。儲光羲是中國文人典型的代表，因爲他具有仕與隱之兩面性，當一個文人擺盪在這兩者之間，難以判斷何去何從，這已經使得命運的走向充滿了不確定，更何況又遭逢亂世。而前面已經提到他的淑世精神，接著我們再來看看他在天平的另一端，傾向於山林隱逸的天然性情。清代沈德潛在《說詩晬語》中說道：「陶詩胸次浩然，其中有一段淵深樸茂不可到處。唐人祖述者，王右丞有其清腴，孟山人有其閒遠，儲太祝有其樸實，韋左司有其沖和，柳儀曹有其峻潔，皆學焉而得其性之所近。」其中的儲太祝就是儲光羲。他的詩源出陶潛，質樸之中有古雅之味。

例如他在開元二十一年，隱居時所寫下的〈田家即事〉：「蒲葉日已長，杏花日已滋。老農要看此，貴不違天時。迎晨起飯牛，雙駕耕東菑。蚯蚓土中出，田烏隨我飛。群合亂啄噪，嗷嗷如道飢。我心多惻隱，顧此兩傷悲。撥食與田烏，日暮空筐歸。親戚更相誚，我心終不移。」讀完這首詩，關於儲光羲生命的意義已然浮現，他即使過著田園隱逸的生活，只要看到嗷嗷待哺的田間烏鴉，就會想起那些在亂離中遭受苦難的人們，這使他感到無盡地悲哀。對時局的憂慮，以及視民如傷的情懷，是他天生的使命感，也是讀書人基本的儒家懷抱。

也許我們每一個人都是儲光羲，莫名所以地扛起了大時代無理的重擔，但我們每個人也都有其天生的使命，因而在有生之年，或許也在進退兩難的處境下，我們依然盡力做了我們自認為應該去做的那些事。

素業不墜——詩人的身世之謎

春宮怨

杜荀鶴

早被嬋娟誤，欲妝臨鏡慵。承恩不在貌，教妾若爲容。
風暖鳥聲碎，日高花影重。年年越溪女，相憶采芙蓉。

唐代的詩人，既然學而優則仕，爲了彰顯門風，他們便要自述傳記。最有名的例子就是白居易，大家都熟悉他寫傳記時紹述了祖上輝煌的成就。

有趣的是，他要先聲明自己是「漢人」。接著進一步指出自己是出身於山西白家望族。到底是多麼有聲望的家族呢？白居易說他的祖先是戰國楚國公族白公勝和白乙丙，並且延伸到白起。說到白起，那可是號稱「戰神」的秦國武安君。然而從白居易寫下自己身世的那一刻起，質疑和反對的聲浪，從來未曾停歇。一方面是想爲他作傳的人，都無從鉤聯起他和白起之間那遙遠又神祕的關聯；同時白居易自己也沒有辦法提出有力的證據來解釋清楚這個問題。於是白居易的自製家譜，因公信力過於薄弱，因此對於他這位大詩人的聲望應該是造成了負面的影響。

宋代的孫光憲在《北夢瑣言》裡說了一個故事：當年白敏中、曹確、羅劭權曾同朝為官，並且同為宰相。可是崔愼猷顯然是很不滿，成天唉聲嘆氣，一回家就對家人說道：「我眞不想做了！乾脆回老家吧，你們看看，如今中書省裡都是番人了。」崔愼猷口中的「番人」其實就是白敏中。而白敏中可是白居易的堂弟呀！如果敏中是胡人，那麼他的堂哥白居易當然也就是具有胡人的血統了。

從白居易族屬的爭議上，我們可以看出，在安史之亂之後，整體社會乃至於朝廷對於胡人的警戒與疑心，已達到了高峰。這也就是白居易在家譜傳記中，要強調自己是漢人的主要原因。其次還是根深蒂固的門第觀念在作祟，直到今天，我們都很喜歡將自己的姓氏與歷史上的名人做聯繫。

另外一位大詩人杜甫，他之所以追溯自己的祖上，其目的和白居易不同，他是為了宣揚自己來自書香門第，因此他可說是家學淵源。杜甫於〈進鵰賦表〉中說道：「自先君恕、預以降，奉儒守官，未墜素業。」文中他自稱優良的血統來自晉代名臣杜預。杜預是專攻《左傳》的學者。杜甫說他這位先祖：「《春秋》主解，稿隸躬親。嗚呼筆跡，流宕何人？」他既然認定了自己的祖先是杜預，便立志發憤紹述祖德，終身不敢或忘。

至於面對他的祖父杜審言，杜甫說道：「亡祖故尚書膳部員外郎先臣審言，修文於中宗之朝，高視於藏書之府，故天下學士到於今而師之。」可知杜審言更是位一等一的大儒士。杜甫：「臣幸賴先臣緒業，自七歲所綴詩筆，向四十載矣，約千有餘篇。」杜甫受到祖父深遠的影響，因而終身寫作不輟。

然而與顯揚身世相反的可能就是極力掩蓋自己不名譽的出身背景。晚唐詩人杜荀鶴乃是一例。他是池州人，地點在今天安徽省石台縣。當時文壇上一直有個傳聞，說他是另一位大詩人杜牧改嫁他人的小妾所生的孩子。因在家族的大排行裡排第十五位，因此人稱杜十五。

杜荀鶴自幼好學，很小年紀，就能寫詩，然而科舉考試卻屢屢不第，直到四十六歲才考中進士。

但是比科舉考試更不幸的是，《唐詩紀事》提到：「荀鶴，牧之微子也。牧之會昌末自齊安移守秋浦，時年四十四，……時妾有妊，出嫁長林鄉正杜筠，而生荀鶴。」到了南宋周必大在《二老堂詩話》也寫道：「《池陽集》載，杜牧之守郡時，有妾懷娠而出之，以嫁州人杜筠，後生子，即荀鶴也。此事人罕知。」

接著便有許多杜荀鶴的粉絲認爲這樣的說法是可忍孰不可忍！不過經學者推算，杜牧出妾的時間與杜荀鶴的出生，以及杜牧移守秋浦的時間，三者相吻。因此杜荀鶴身世的說法，恐怕是可以成立的。

其實一個人一生的成就都是要自己負責的，如果品德學問好，自然有後學依附追隨。若是道德敗壞學問差，有再優良的血統，終將後繼無人。

我最喜愛杜荀鶴的一句詩：「風暖鳥聲碎。」從他的詩中，我們可以靜靜地體會他的心境，以及他在修辭上的努力。爲此，《滄浪詩話》在各種詩的體例中特別列有「杜荀鶴體」。可以知道他在古典詩史自有一席之地。

如此就已足夠。至於他究竟是誰的兒子，難道眞有那麼重要嗎？

梨園女弟子與唐朝大詩人的邂逅
——文學社會學的另類考察

囉嗊曲六首　劉采春

不喜秦淮水，生憎江上船。載兒夫婿去，經歲又經年。
借問東園柳，枯來得幾年。自無枝葉分，莫恐太陽偏。
莫作商人婦，金釵當卜錢。朝朝江口望，錯認幾人船。
那年離別日，只道住桐廬。桐廬人不見，今得廣州書。

昨日勝今日，今年老去年。黃河清有日，白髮黑無緣。

昨日北風寒，牽船浦裡安。潮來打纜斷，搖櫓始知難。

若是問起唐詩為何興盛？大家首先會想到的是南朝文人對文學與聲律的講究及追求，於此奠定了唐詩在形式上的重要基礎。但是除了從詩歌的韻律及修辭上思考這個問題以外，我想我們應該還可以從文學社會學的角度來面對這個問題。

原來像唐詩這般極富韻律之美的音樂文學，如果能夠讓美貌多情又歌喉優美的伶人來演唱，那對於詩人而言，有時也是件非常榮幸的事，於是無形中便鼓舞了創作的風氣，因而締造了唐詩的榮景。

唐代的歌女選唱詩人的作品，帶動流行，有名的例子是王昌齡在酒樓上與高適、王之渙兩位詩人一較高下的故事。當時他們確實聆聽到十幾名梨園子弟在聚會宴飲時，首先唱的就是王昌齡的詩：「寒雨連江夜入吳，平明送客楚山孤，洛陽親友如相問，一片冰心在玉壺。」這首歌曲一被唱出，就給王昌齡帶來莫大的信心和鼓舞。因為這個遊戲的規則是：誰的詩被編入歌曲的數目最多，就代表誰最優秀！接著歌女們唱的第二首歌是高適的：「開篋淚沾臆，見君前日書。夜臺何寂寞，猶是子雲居。」緊接著第三首又是王昌齡的詩歌：「奉帚平明金殿開，且將團扇共徘徊。玉顏不及寒鴉色，猶帶昭陽日影來。」

此時坐在一旁的王之渙始終鬱鬱不樂。直到那天最美麗高雅又有氣質的一位歌姬唱出王之渙的詩：「黃河遠上白雲間，一片孤城萬仞山。羌笛何須怨楊柳，春風不度玉門關。」詩人們的勝負才見了眞章。於是我們知道美麗的梨園女子往往是男性詩人們創作的一大動力。

而我們的故事就要從一個梨園女子破碎的家庭，不幸的人生說起：戲曲演員周季崇，他是個梨園子弟，而他的妻子劉采春也是一位非常受歡迎的梨園子弟。他們夫妻兩人在婚後一同攜手走天涯，到處巡迴演唱，即使社會地位低微，畢竟也算是夫唱婦隨，和諧美滿。

但可惜的是，劉采春太美麗，太有才華了！隨著她愈來愈走紅，場場演出皆轟動到萬人空巷！劉采春不僅吸引了街頭巷尾的大小戲迷，要命的是她還引動了一位大人物、大文豪、大詩人愛慕的眼光。

元稹當時調派到越州任刺史，而采春就在當地巡演，很快地，元稹很快地就聽到了采春演唱自己的作品：「不喜秦淮水，生憎江上船。載兒夫婿去，經歲又經年。」像這樣充滿離愁別恨的詩歌，還有：「借問東園柳，枯來得幾年。自無枝葉分，莫恐太陽偏。」劉采春的詩篇能引發許多女性內心深處的傷悲與共鳴：「莫作商人婦，金釵當卜錢。朝朝江口望，錯認幾人船。」她發出了女性對自己年華老去的喟嘆：「昨日勝今日，今年老去年。」兩人若是無緣，想要再相見，那比等到黃河清澈，還要困難！「昨日北風寒，牽船浦裡安。潮來打纜斷，搖櫓始知難。」

劉采春自創的這一系列六首〈望夫歌〉曾經震盪了無數深閨女性孤獨的靈魂；更擄獲了元稹因驚慕其才華而悸動不已的一顆心：「言辭雅措風流足，舉止低回秀媚多。更有惱人腸斷處，選詞能唱〈望夫歌〉。」元稹不僅贈詩表達愛慕之情，同時也曾比較薛濤和劉采春：「詩才雖不如濤，但容貌佚麗，非濤所能比也。」薛濤是唐代著名的才女，元稹以采春與之相媲美，可知大詩人對一代樂妓的重視。

然而重視之後就是拋棄。采春毅然爲了愛情離開了丈夫，這是拋棄。不久之後，隨著元稹的官職再度調遷，他便一去不回頭，這也是拋棄。而劉采春最終落得投水自盡，這更是一種自我拋棄。

我們再回首觀察這位女詩人的創作。唐代流行類似說相聲或者像是東北二人轉的表演，稱之爲「參軍戲」，劉采春是箇中好手。不僅如此，她還將自己創作的詩歌融入到參軍戲裡，這是將抒情歌置入敘事劇的首例。

劉采春是這樣一個能夠開創風氣之先的女歌手，那麼她所選唱的詩人之詩，想必比唱王之渙詩的歌女，更要受世人重視了！有趣的是，劉采春的女兒周德華也是一位響璫璫的女詩人，她所留下來的史料，不是說她願意唱誰的詩；而是說她不願意唱誰的詩。例如：她不肯唱溫庭筠和裴諴的作品，因爲嫌棄他們的詞太過於淫靡浮豔。

美麗的歌女選唱才子詩人的作品，那不僅是文壇佳話，同時也帶給詩人莫大的鼓勵；然而若是遇到相反的情形，要是某詩人的作品一旦受到歌女們的厭棄，那恐怕也是一樁夠難堪的事了……。

閒雲野鶴，何天不可飛！——唐朝詩僧

早梅　齊己

萬木凍欲折，孤根暖獨回。
前村深雪裡，昨夜數枝開。
風遞幽香出，禽窺素豔來。
明年猶應律，先發望春臺。

電影《一代茶聖千利休》其中有一片段：利休的弟子宗二在小田原之戰的關鍵時刻，來見利休。同時他身上還帶著一只高麗熊川的茶碗。豐臣秀吉知道他其實帶來了敵人北條氏的消息，因此召見他。豐臣秀吉問宗二：「你到底站在哪一邊？」表面的意思是要他在自己與北條氏之間表態，而實際上則是問他是否還是站在利休那一邊？宗二回答：「我不願意介入戰爭，只想在利休的身旁鑽研茶道。」豐臣秀吉便使出絕招，將宗二的高麗熊川茶碗用力一砸：「什麼破茶碗，我打碎了再用金子補起來！」

秀吉如此粗魯而且不尊重茶道的舉動，果然惹怒了宗二，他生氣地撿起茶碗回頭要走，卻被武士攔阻，並且將他抓回秀吉的面前。利休趕緊匍匐跪地再三懇求豐臣秀吉原諒宗二，可是宗二悒憤難平，終於對秀吉出言不遜，於是當場被斬殺！

這個硬脾氣的宗二，不願向高官貴冑低頭的個性，令我想起唐代著名僧人，同時也是詩人的貫休。

據《高僧傳》的記載，貫休自幼便在和安寺出家，後來為五代十國之吳越國開國君主武肅王錢鏐器重。貫休寫詩稱頌錢鏐：「貴逼身來不自由，幾年勤苦蹈林丘。滿堂花醉三千客，一劍霜寒十四州。萊子衣裳宮錦窄，謝公篇詠綺霞羞。他年名上凌煙閣，豈羨當時萬戶侯。」吳越太祖錢鏐雖然覺得貫休的詩寫得很好，卻仍有一處不太滿意，於是傳令貫休：將「十四州」改為「四十州」。如果不肯改，就不再見他。可是硬脾氣的貫休不僅不肯改，還寫了一段話來表明自己的心志：「州亦難添，詩亦難改。閒雲野鶴，何天不可飛耶！」寫完之後，他揮一揮衣袖，不帶走一片雲彩。

離開江東之後，他在荊湘一帶流連。中和四年左右，來到了荊南節度使成汭的帳下，很受到禮遇。不久之後，成汭請貫休教導書法，貫休告訴成汭：傳授書法並不是件可以輕率的事，必須正式拜師，而且要在講壇上授課。成汭聞言大怒，結果貫休再度被掃地出門。

這次貫休入蜀，五代十國之前蜀開國皇帝王建十分禮遇他，曇域《禪月集後序》中記載：「過秦主待道安之禮。」文中所說的道安，即釋道安。他是晉朝著名的佛教高僧，是般若學的先驅，根據《高僧傳》卷九指稱：「至鄴入中寺，遇佛圖澄。澄見而嗟嘆，與語終日。眾見形貌不稱，咸共輕怪。澄曰：此人遠識，非爾儔也。因事澄為師。澄講，安每覆述。眾未之愜。咸言。須待後次，當難殺崑崙子。即安後更覆講，疑難鋒起。安挫鋭解紛，行有餘力。時人語曰：漆道人，驚四鄰。」

道安師事佛圖澄。可是因為道安長得很醜！於是佛圖澄每次講經之後，都要道安再為眾人覆述一遍，只見道安辭鋒鋭利，不僅能夠覆述老師的話，還能為大家解答疑惑，於是得到「漆道人，驚四鄰」之贊。釋道安對中國佛教的發展有開創之功。鳩摩羅什稱他是「東方聖人」，而世人對他也有「彌天釋道安」的美譽。像他這樣一位「天賦敏速之才，筆吐猛鋭之意」的僧中一豪傑，畢生從不與權貴妥協。所幸他比千利休的弟子山上宗二幸運，不曾遭受到那麼嚴重的迫害。

最終與詩僧齊己、皎然並列為唐代三大高僧。而齊己也有故事：他曾寫了一首詩：「萬木凍欲折，孤根暖獨回。前村深雪裡，昨夜數枝開。風遞幽香出，禽窺素豔來。明年猶應律，先發望春臺。」他請教鄭谷，鄭谷微笑回答：「數枝」非早，不如「一枝」更佳。齊己佩服，拜他為「一字之師」。後人編有《唐三高僧詩集》。

其實在唐詩的世界裡，不是只有李白、杜甫、王維、白居易……，還有許許多多專研詩歌，熱愛詩歌的能人異士，他們共同造就了大唐國度的詩歌盛況，值得我們關切，並從中汲取更豐富的文學養分。

大唐氣象——外國詩人的參與

唐朝，詩人的理想國，在這個被詩歌照亮的璀璨國度，每一首詩出現的剎那，都像是黑夜裡耀眼的明珠，照亮了文明的進程。而中華文明的大步向前，以及唐詩之所以能夠蓬勃興盛，其中也包含了許多外國人士的積極推動和參與。在眾多唐朝詩人中，有哪些外國人呢？首先我們來介紹從朝鮮半島新羅國來的崔承祐。

崔承祐是新羅國首都金城人。他在昭宗時期留學於唐朝。那時候的唐王國已經走到了落日餘暉的地步，因此崔承祐可以說是抓著了美好年代的最後時光。唐昭宗李曄是在唐僖宗死後，由當時權力大到隻手遮天的宦官楊復恭矯詔擁立爲帝的。

李曄在位十六年期間一再試圖消滅各地擁兵自重的軍閥，結果卻因反撲勢力強大，而迫使唐昭宗三度逃出京城，很是狼狽！最後被朱溫挾持，遷都洛陽，加以殺害。而崔承祐便是在唐昭宗執政中期，到達長安參加侍郎楊涉主持的科舉考試，並且及第爲官。

到了唐王朝滅國的前夕，到處都發生民變，最大的組織就是黃巢所帶領的部隊。那時社會的動盪不安，嚴重地破壞了國家的經濟，尤其是江南繁榮富饒之區，頓時變得殘破蕭條，很大程度上動搖了國本。眼看著李唐王朝日薄崦嵫，大廈將傾，崔承祐趕緊逃回朝鮮半島。不過他並未回到故鄉，而是來半島西南的另一個國度——百濟。

當時的百濟國王甄萱也是一個奇人，據說他：「體貌雄奇，志氣倜儻不凡。」他也是新羅人，但是眼看著新羅政治混亂，綱紀廢弛，百姓流離失所，國境之內盜賊四處蠭起。甄萱於是招募部眾五千多人突襲武珍州，並且稱王。不久之後，在百姓的擁護下，繼承百濟的領地，成立了「後百濟」。接著他圍攻後高句麗，原本是攻不下來的，但是後高句麗內部發生了兵變，大將王建奪權，建立了新的國家——高麗。

自此，高麗、新羅與後百濟便長期處在表面友好，檯面下卻爾虞我詐，暗潮洶湧的恐怖平衡關係中。於此局勢下，崔承祐既待不得唐朝，又得在朝鮮三國的夾縫裡求生存。我們今天在史料中可以看到投靠甄萱之後，崔承祐曾經爲甄萱寫下〈寄高麗王檄書〉，這是一封致高麗國王王建的書信。當時的朝鮮人是書寫漢字的，再加上崔承祐曾經留唐，因此有能力承擔國王對國王之間的外交文書往來。

比較可惜的是，目前我們所能找到崔承祐本人所寫的詩，大約只有十首，而這些僅存的詩都是在留學時期所作，其內容與形式都與唐代詩人無異，其內容多是與官場同僚的相互酬酢之詩；

在內容與精神上，則體現個人懷抱以及對他人深厚情誼與關懷。整體而言，他的詩歌表現出帝國氣象與跨文化的特殊情調以及某種魅力。所以說在唐詩的世界裡，這個國際化的大文類底下，眾多外國詩人的參與，不僅豐富了詩歌的內涵，同時開拓了文學的疆域，但我們在談「大唐氣象」時，應該從這個跨國角度來理解其涵義，因此這些外國詩人是我們談論唐代眾多名家及其作品時，絕不能忽略的一個重要環節。

所謂望族——唐代的四姓高門

黃鶴樓

崔顥

昔人已乘黃鶴去，此地空餘黃鶴樓。
黃鶴一去不復返，白雲千載空悠悠。
晴川歷歷漢陽樹，芳草萋萋鸚鵡洲。
日暮鄉關何處是？煙波江上使人愁。

崔珏，字夢之。

這是一位晚唐詩人。在這五個字當中，最重要的一個字是——崔。

沒錯，此人正是清河崔氏。而崔氏也就是著名的五大姓之一。這崔姓士族常常以清河郡為其郡望。此大姓最早起源於春秋時代齊國，地點在山東。到了齊桓公之後，傳至東郭姜，《左傳．襄公二十七年》記載：「齊崔杼生成及彊，而寡，娶東郭姜生明。東郭姜以孤入曰棠無咎，與東郭偃相崔氏。崔成有病而廢之，而立明。成請老於崔，崔子許之，偃與無咎弗予，曰：『崔，宗邑也，必在宗主。』成與彊怒，將殺之，告慶封曰：『夫子之身，亦子所知也，唯無咎與偃是從，父兄莫得進矣，大恐害夫子，敢以告。』慶封曰：『子姑退，吾圖之。』」

東郭姜生下了崔明，導致廢長立幼。日後慶封攻打崔氏一族，崔家多人倒在血泊之中，東郭姜自殺，而她的兒子崔明則是躲進了墳墓，才得以保全性命。九死一生之後，傳到了第十五代，分爲兩支，分別是：清河崔氏與博陵崔氏。而清河崔氏的郡望爲清河郡，在冀州，也就是今天河北省清河縣。最遲到了北魏時期，清河崔氏已經與范陽盧氏、滎陽鄭氏、太原王氏並稱。

至於清河崔氏爲什麼那麼紅呢？因爲從三國時代起，這個家族出現了許多名人，包括：爲袁紹和曹操先後延攬徵召的崔琰。當曹操在宴會上對崔琰說：「昨日調查統計了冀州的戶籍，竟有三十多萬，這可是個大州了！」

然而崔琰卻冷冷地說道：「如今九州分裂，袁紹死後，他的兒子們袁譚和袁尙還在大動干戈，導致冀州大地屍橫遍野，沒看到王師以仁政施予百姓，拯救人民於水火，卻自顧自地計算起甲兵和稅戶多少，難道冀州的百姓是如此期待明公的嗎？」曹操聽了，臉色一變！卻立刻向崔琰表示道歉。

至於崔琰的堂弟崔林，也是一位名人。崔林從小就不被看好，建安十年，曹操攻陷鄴城，平定冀州。他任命崔林爲鄔縣長。崔林新官上任時，竟然因太過於貧窮，而只能徒步去上任。到了建安十一年，曹操親征壺關之後，并州刺史張陟才推舉崔林爲冀州主簿，然後調任別駕、丞相掾屬。如此緩慢升遷，最後終於出人頭地。我們如今常用的成語「大器晚成」，就來自於崔林。

崔氏族人中有名望者，實在不少。而我們可以發現，他們的名望，並不是來自於賺了多少財富，或是擁有多少頭銜，而是因爲腳踏實地，穩紮穩打，同時具有關懷弱勢，民胞物與的精神。崔琰、崔林已是如此，更何況還有博覽群書，精通訓詁學，與班固、傅毅齊名的文學家崔駰、善於草書的書法家崔瑗以及崔駰的孫子、崔瑗的兒子崔寔，他也是一位著名的政論家。最後，有一位詩人，大家一定知道。李白曾說：「眼前有景道不得，崔顥題詩在上頭。」崔氏族人崔顥作〈黃鶴樓〉後世公推爲「唐人七律第一」，連我們的大偶像詩仙李白也心悅誠服，是崔氏一族又一顆閃耀的明星！如此名垂千古的一首詩，讓我們再度回顧〈黃鶴樓〉：「昔人已乘黃鶴去，此地空餘黃鶴樓。黃鶴一去不復返，白雲千載空悠悠。晴川歷歷漢陽樹，芳草萋萋鸚鵡洲。日暮鄉關何處是？煙波江上使人愁。」

當我們研讀唐代文獻時，「四姓高門」再加上皇室李姓，這些字眼必須要自動跳出來，才能夠更清晰地體會文學作品所描述的社會背景及當時人的生活思想。因爲唐代社會有明顯的身分制，五大姓在一般人的心目中享有崇高的聲望。例如：元稹的傳奇〈鶯鶯傳〉，又稱〈崔鶯鶯傳〉、〈會眞記〉，故事中的女主人公崔氏小名鶯鶯，她就是名門之後。而所謂「會眞」的「會」是動詞，「相會、遇見」的意思；而「眞」是名詞，眞人、仙人之意。因此「會眞」乃是指「遇到仙女」的意思，崔鶯鶯系出名門而且貌美如仙，我們從文本的標題便能解碼距離我們一千二百多年前的人物設定與當時的社會價值觀，因此更能夠沉浸式地體會作家想表達的文學意涵，也更能解讀出文本的況味。

大理段氏——從白族詩人董成談起

聽妓洞雲歌

董成

嵇叔夜，鼓琴飲酒無閒暇。若使當時聞此歌，拋擲廣陵都不藉。
劉伯倫，虛生浪死過青春。一飲一碩猶自醉，無人爲爾卜深塵。

我想洞雲的歌聲一定很美！只要她一展歌喉，那竹林七賢中的嵇康便拋擲了〈廣陵散〉，而劉伶也只能自飲自醉，沒有人再理會他所說的：「死便埋我。」

洞雲的歌聲竟然能讓魏晉名士都靠邊站，只可惜我們今天已是無緣聆賞，唯有透過董成的詩歌來發揮想像的空間。有趣的是，喜好詩詞樂曲的董成其實是雲南白族人士。他是唐代南詔國第八代國王的清平官。南詔在今天的雲南大理，清平官是這個國度的最高行政長官。

唐懿宗咸通元年，南詔國王派遣董成到成都與唐朝談判。當時他認爲自己也是一個國家的大使，應該與唐朝派來的劍南西川節度使李福平起平坐。而事實上，唐朝與南詔兩國的關係，一直十分緊張！那時董成對李福說道：「皇帝奉天命改正朔，請以敵國禮見。」他的意思是說，我們現在第八任國王已經自行稱帝了，所以我們現在應該算是敵國之間的關係。結果董成就被李福給囚禁起來。直到唐懿宗下詔讓他到長安面聖，而董成的應對進退也都很得體，符合禮儀，才被允許回國。

以上關於這位唐朝詩人的詩歌及生平事蹟乃是記載於新舊兩唐書的〈南蠻傳〉。從我們今天的角度看，董成雖然被收編爲大唐國度的詩人，但實際上他是雲南那一帶的白族人，在唐朝，也可以說是一個外國人。

南詔是西元八世紀興起的國家，這個古老的國度，主要是由彝族和白族兩大族群所組成。地理範圍包含今天全部的雲南，以及貴州的西部、四川南部、貴州西南部以及西藏的東南部。並且這兩大族群也因爲人口的增加，而逐漸向南遷徙，所以我們今天在緬甸、寮國、泰國以及越南，都能夠看到他們的族裔。而且南詔的國祚與唐朝並行了很長一段時間，兩國曾經發生過三次大規模的戰爭，直到唐代滅亡前五年，也就是西元九〇二年，當時南詔的清平官鄭買嗣殺害南詔王室貴族八百餘人，自立爲王，南詔這個國家才正式走到了命運的終點。之後的三十多年，這片廣袤的土地一直處在政權頻繁更迭的板蕩之中。有些史學家認爲，既然這三十多年的時間沒有固定的政權，那麼應該還是將這段時期歸屬於南詔。

直到時間來到西元九三七年，那又是個在歷史上值得標注的年分。因爲在這一年的七夕，「千古詞帝」李後主出生在古都金陵，同年，他的祖父李昪建立了南唐。而從李昪、李璟到李煜，祖孫三代也都是文學史上重要的詩（詞）人。此外，同樣在西元九三七年，南詔白族武將段思平向黑爨三十七蠻部借兵，滅了一個僅維持了八年短命國大義寧，從此建立起長達三百多年的大理國。奠定了大理段氏政權的根基。其實段思平的祖上在南詔已經長期掌握實權，根據《段氏世家》、《南詔野史》的記載：「段氏，武威郡姑臧人也，祖上段儉魏爲閤羅鳳將，佐南詔大蒙國，唐天寶中大敗唐兵，功升清平官，賜名忠國，拜相，六傳而生思平。」

從雲貴高原起家的南方六詔，在唐朝的輔助下統一爲南詔國，這個國家又與唐朝相始終。接下來就是與宋朝平行的大理段氏王朝，從段思平建國，定都於羊苴咩城，舉國崇尚佛教，一直到西元一〇九五年有高昇泰篡位，隨即在西元一〇九六年高昇泰死，大理國歸政於段正淳，所以大理國的歷史曾經中斷一年。接下來就是他與宋朝共同遭遇不幸的命運，亦即十三世紀中葉，蒙古帝國忽必烈率軍渡江征雲南，大理才結束了它的國祚。

從南詔到大理（也可以說從唐到宋），本地通行漢語文，而且不僅是我們熟知歷史上曾有來自日本的遣隋使和遣唐使，在唐代，來自雲南境內的派遣學生一路從成都走到長安，其實也是一條熱門的留學路線，莘莘學子奔波在這條路上亦是不絕如縷。我們可能要從這個角度來認知既是外國人又是白族人的董成，能夠躋身唐朝詩人的行列，那麼董成等人的漢學根基與上述這條求學路線其實也有密切的關聯。

附帶一提，金庸武俠小說《天龍八部》，關於身藏六脈神劍絕世武功之大理段氏皇族的書寫，包括皇帝出家等情節，以及直接使用歷史上眞實人名等，我們可以看出，金庸在小說寫作上，其實也參酌了不少歷史文獻。同時，透過本文的爬梳，除了更能夠理解《全唐詩》四萬八千九百多首詩的作者群，其實是來自四面八方的各種不同族群之外，對於南詔與大理的認識，同時也是在無形中讓我們對已經慣熟的武俠小說有了更深一層的體會。

用盡春風力——晚唐詩人曹鄴的〈四怨三愁五情詩〉

四怨之一　曹鄴

美人如新花，許嫁還獨守。豈無青銅鏡，終日自疑醜。

三愁之一　曹鄴

遠夢如水急，白髮如草新。歸期待春至，春至還送人。

《聊齋誌異》的作者蒲松齡是個屢試不第的文章奇才。他有篇故事〈司文郎〉，寫一個盲僧雖然眼盲，但是鼻子卻不盲。如果燒一篇好文章給他聞，他會立刻開心地說：「妙哉妙哉！我感覺心裡很受用呢！」可是有一位剛考上科舉的餘杭生燒了自己的文章給盲僧聞，那盲僧便立刻毫不客氣地咳嗽起來，還拜託餘杭生別再燒了！因爲他實在是咽不下這口濁氣。不過，盲僧倒是可以聞得出今年的考試官是哪一位。因此餘杭生與友人找來八、九位官員的文章，讓盲僧好好聞一聞。

餘杭生一連燒了好幾篇文章，這盲僧都沒有反應，也不認爲這幾個人是錄取餘杭生的主考官。直到第六篇，盲僧突然好像中毒又好像中邪似的，猛然間狂吐起來！而且看情況相當嚴重。等到他稍微能夠喘口氣的時候，才惡狠狠地說道：「我實在是受不了了！有一股臭氣直通我的五臟六腑，連我的腸胃都不能消停。我敢肯定，寫這篇文章的人，就是今年錄取你的主考官了。」

這嗆鼻子的考試官，是蒲松齡很經典的黑色幽默。平時我看《聊齋誌異》的古文，經常感覺到作者的鋪陳與修辭雅而不豔，直令人一唱三嘆。文章寫得這樣好，想像力又奇絕！筆端鋒利，行文精闢，構思如天馬馳騁，這樣的作家卻不能錄取科舉，對於家國及個人而言，確實是件很遺憾的事。

在歷史上，因爲屢次落榜而撰文自我解嘲或暗諷當局的文人，還有很多！我們今天介紹一位晚唐詩人曹鄴。他有一組很有名的詩，稱爲〈四怨三愁五情詩〉。我們將這些數字加總起來，就知道這組詩一共有十二首，那麼什麼是怨？什麼是愁？而「情」之一字，又該如何解釋呢？曹鄴在這組詩之前，寫了一個短序來做說明，藉以表達自己對這三個人生無法逃躲的關鍵字，有感而發的蒼涼心情。他說：「鬱於內者，怨也；阻於外者，愁也；犯於性者，情也。三者有一賊於前，必爲顛、爲沴、爲早死人。」

內心積累著無限的傷感，稱爲怨；外在的一切阻撓與挫折，讓我們心生愁煩；至於感情這件事之所以會令人一再地陷入難堪的處境，或許就是因爲它違背了我們的理性意志吧？而無論是怨，是愁，還是情，都會讓我們癲狂、受罪，甚至於到最後成爲一個槁木死灰之人。

曹鄴就是深陷其中的人。他之所以怨、愁，最根本的原因，就在於他自己所說的：「有舉不得用心。」在科舉這件事情上，他曾經九度落榜，可以說是難堪已極！「恐中斯物殞天命，幸未死」。既然還沒有變成一個「早死人」，於是他寫下了〈四怨三愁五情〉，以文學詩歌來爲自己尋求生命的救贖。

我們先讀「四怨」的第一首詩，作者寫道：「美人如新花，許嫁還獨守。豈無青銅鏡，終日自疑醜。」原本可以嫁人的女子，卻無緣無故長期獨守空閨，如此一來，就算有鏡子可以說實話，她無論如何也不相信自己的美貌了。而我們應該循著曹鄴自己寫的序文來解讀他的詩，才能明白他想要表達的是，考試考到最後，實在是已經喪失了所有的自信心，不再相信自己是富有才華的詩人了。

我們再來看看「三愁」的第一首詩：「遠夢如水急，白髮如草新。歸期待春至，春至還送人。」像這樣的詩，一如我們剛剛介紹的前一首，如果在沒有作者序的前提下，讀者很可能將其解讀爲「閨怨體」，然而在了解詩人的心境後，我們就會朝著作者指引的方向去思考與解析其作品。

原來在唐代，科舉考試放榜的時間訂定在孟春時節。所以詩人說：「歸期待春至」，那就表示他的歸期得依春天放榜後的結果來決定。可惜的是，這次又落第，因此他只能看著考取進士的人紛紛離開了京城，只有自己不能走，最後落得「送人」這樣一再重複「無歸期」的淒涼處境。

尤有甚者，在這組詩的後半部，曹鄴以美女自比來影射社會和詩壇上有人嫉妒他，因此使他累舉不第。還有一首詩寫他長期不能夠回家鄉，因此流露出思鄉的情緒。所幸我們在《唐才子傳》中看到了好消息：「爲〈四怨三愁五情詩〉，雅道甚古，時爲舍人韋慤所知，力薦於禮部侍郎裴休，大中四年張溫琪榜中第。」

在曹鄴寫下〈四怨三愁五情詩〉之後，他的才華終於被中書舍人韋慤所賞識。所謂「中書舍人」乃是皇帝身旁的機要祕書，掌管聖旨和詔書。這位重要的官員將曹鄴推薦給禮部侍郎裴休，我們知道，在唐朝，主管科舉考試的大員是禮部郎中，而禮部侍郎就是郎中的副官。於是在京城蟄居了整整十年的曹鄴，終於在大中四年（西元八五〇年）考中了進士。

此後，他的官聲極好，論政公平，爲人正直不苟，從來不肯阿附權貴，直到咸通九年（西元八六八年），也就是在他寫下〈四怨三愁五情詩〉的十八年之後，曹鄴辭官南歸，因爲他本身是山水風光甲天下的陽朔人，因此死後葬於桂林。

比起蒲松齡等人，曹鄴的命運應該可以算是有個完美的結局了。

東方的道林．格雷——另一位詩仙陳陶

隴西行四首之二　　陳陶

誓掃匈奴不顧身，五千貂錦喪胡塵。
可憐無定河邊骨，猶是春閨夢裡人。

他是一名巫師，能在死去的人與活著的人之間聯繫溝通。他是一個乞丐，也許有能力工作，只是不願意。他是個街頭藝人，偶戲、口技、默劇、歌舞……，樣樣精通，也是個多才多藝的行爲藝術家，於是他也是個佯裝癲狂的隱士。他手裡經常提著一個花籃，籃子裡什麼都有，而且芳香無比，能驅邪、降怪、伏魔。他手持大響板，一隻腳穿鞋，另一隻腳則終年都是光溜溜的。因爲他經常流連在酒館，醉了就豪邁地歡唱，於是人們都誤以爲他就是神仙。他喜歡在長安大街上行乞，將有錢人手上的銀兩散布給窮光蛋。他熱愛在夏天穿上很厚重的衣服，卻在冬天打著赤膊倒臥雪地裡，由於渾身發熱，那雪地還因此冒起了白煙！

有人說他是少女，有人說他是少男，還有人說他是長得像少女的少男。總之，他有點像是東方的道林．格雷，從童年到老，從不承擔歲月的滄桑，因此他的容貌根本沒有改變過。他是八仙之一，也是八仙之中，最令人難以理解的一號人物——藍采和。

藍采和之得道升天，乘鶴而去，乃是受道教內丹派鍾離權的渡化。而民間從元代雜劇《鍾離權度藍采和》起，到明代中葉吳元泰的《東遊記》和湯顯祖的《邯鄲夢》，所謂「八仙」的組成與具體的故事才有了明確的定案。其中背景最神祕的也還是藍采和，許多人都在問：他的原型究竟是誰呢？答案之一是寫下「可憐無定河邊骨，猶是春閨夢裡人。」的詩人陳陶。這句著名的詩句出自他的〈隴西行〉四首之二。他描述了慷慨悲壯又激烈的戰場：「誓掃匈奴不顧身，五千貂錦喪胡塵。可憐無定河邊骨，猶是春閨夢裡人。」

唐代邊塞戰爭連綿不斷，讓百姓活在痛苦與災難之中。當五千將士全部喪生「胡塵」，詩人想到奮不顧身的將士背後，還有數千女子獨守空閨的寂寥與淒清，當下爲她們感到委屈。這一首詩寫得太好，以至於讓清代乾隆年間的進士孫洙（蘅塘退士）與夫人徐蘭英很有感觸，產生了共鳴，因此將這首詩收錄到他們共同編選的《唐詩三百首》。而這部書選詩的規模，其實也正是模仿《詩》三百，而且「專就唐詩中膾炙人口之作，擇其尤要者」所得，進而編成了《唐詩三百首》，三百是取整數，其實一共是三百一十首，至此陳陶成爲唯一入選《唐詩三百首》的福建詩人。

元代辛文房在《唐才子傳》中寫下陳陶的故事：「學神仙咽氣有得，出入無間。時嚴尙書宇，牧豫章，慕其清操……，而欲試之，遣小妓蓮花往侍，陶笑不答。蓮花賦詩求去……陶賦詩贈之云：『近來詩思清於水，老去風情薄似雲。已向升天得門戶，錦衾深愧卓文君。』」看來陳陶不爲美妓所動，他修道之志堅定，而且每夜焚香禮拜星月。在他所住的小茅屋裡，可以聽到風聲雷聲洶湧不絕。有一天，他竟然在這間小屋裡徹底消失了。只留下簡單的家具，其餘幾乎什麼都沒改變，只是眾人再也找不到主人公了。到了開元、天寶年間，有個樵夫爲了砍柴而進入深山，下山之後，他居然聲稱見到了陳陶，而且說陳陶依然年輕，相貌未曾改變，只是他的行蹤縹緲，凡人未可知：「猶見無恙，後不知所終。」

關於藍采和的故事，民間相傳，他醉了就唱歌又跳舞，平常說話機智風趣，許多人聽到他的笑話，幾乎都要笑到絕倒。他這個人似狂非狂，又高深莫測。人家給他錢他就將錢串成一串拖在地上行走，若是繩子斷了，銅錢有所散失，他亦不回頭。有時見到貧窮困苦之人，他就將銅錢施捨給這些可憐人，但是最多的情況還是，他把錢都付予了酒家。有人說：「我還小的時候就見過他了，沒想到現在我的頭髮斑白了，而他還是那樣年輕，顏狀如故。」當藍采和要飛升時，那也是在酒樓上，他忽然變得很輕很輕，然後緩緩飄向空中，最後自雲端落下他的靴子、腰帶、衣衫，從此再也沒有人見過他了。

陳陶不爲美色所動，最終在茅屋裡悄沒聲息，便得道升天了；藍采和將錢財施予窮苦之人，最後瀟灑地從酒樓上升天。民間有一說，相信他們兩人是二而一。如此一來，唐朝的詩人除了李白號爲詩仙之外，另外有一位眞正被認爲成仙的詩人反而是陳陶了。

一時多少豪傑——世紀龍虎榜

有所恨

歐陽詹

相思君子，吁嗟萬里。亦既至止，曷不覲止。
本不信巫，謂巫言是履。在門五日，如待之死。有所恨兮。
相思遺衣，爲憶以貽。亦既受止，曷不保持。
本不欺友，謂友情是違。隔生之贈，造次亡之。有所恨兮。

中國歷史上最漂亮的一張「龍虎榜」，我想是在北宋仁宗嘉祐二年，西元一〇五七年出現的。那一年，有一群對於當時及後代皆深具影響力的文人，同登進士榜：蘇軾、蘇轍、張載、程顥、程頤、曾鞏、曾布、呂惠卿、章惇、王韶……。那是一個文化名人群星閃耀的年代，許多有個性、有理想，才華洋溢又學富五車的年輕知識分子，沒有早一步，也沒有晚一步，恰恰好就在同一年一字排開，在耀眼的政治舞臺上，形成了精彩難得，一期一會的人物群像畫廊。

其實在唐詩的年代，也曾經出現過龍虎榜。那是在唐貞元八年，西元七九二年。同年進士及第者，包含了：韓愈、王涯等二十多人，《新唐書．文藝傳》稱之爲「龍虎榜」。這一群詩人有的是胸懷江山的氣魄，例如陳羽的：「漢江天外東流去，巴塞連山萬里秋。」有的是滿腔纏綿哀婉的情思，像是王涯的：「當年只自守空帷，夢裡關山覺別離。」還有那對於朝政強烈不滿的控訴與嘲諷，例如大家所熟知韓愈的：「一封朝奏九重天，夕貶潮陽路八千。」在誇張的文字修飾及對比之下，帶出了詩人藏在心中，不敢苟同於當朝的心情。但無論有氣魄，抑或是有擔當，若是遇上了不能施展懷抱的時空環境，那也只能夠徒呼負負。

我們很明白，唐德宗所面對的政治難題，以及他的施政作爲，絕對無法與宋仁宗比擬。隨著安史之亂爆發以後，唐帝國的衰弱與亂象叢生，已將家國人民帶向無可挽回的頹勢。在這張龍虎榜出現的前十年，地方上已經開始發動兵變。最嚴重的後果，是導致德宗皇帝倉皇出逃，而叛變軍隊盧龍節度使，居然在京城稱帝，同時還改了國號爲「秦」。在此壓力之下，滿朝文武，失節的失節，叛變的叛變，最後皇帝只剩下身旁的宦官可以信任，於是德宗採納諫言，改元貞元。這是取唐太宗的「貞觀」與唐玄宗的「開元」合而爲一，這麼做當然是表示他希望能夠再創盛世。然而貞元年間，皇帝一旦將禁軍統帥委以宦官，並且由他們來監軍，那麼所有的戰事和軍情，恐怕就不妙了。再加上貞元以後，德宗擅自將國家稅收納爲私有，而宦官也在他的縱容之下，日益坐大，他們強收地方進貢的貨物，也因爲不斷地加重稅賦，因而導致民間一片怨聲載道。

詩人們也似乎接到了帝國末日的消息，他們變得傷感、激憤與無奈。龍虎榜上的歐陽詹以〈有所恨〉二章，來抒發心情：「相思君子，吁嗟萬里。亦既至止，曷不覯止。」韓愈從「雪擁藍關馬不前」的受阻，到對他的姪孫說：「知汝遠來應有意，好收吾骨瘴江邊」，看來他對於流放貶謫的未知前程，已經有不能生還的心理準備了。貶官的人是如此，那從軍的就更加艱辛了，王涯寫道：「不知馬骨傷寒水，唯見龍城起暮雲。」這樣的憂傷還不見底，到了陳羽的筆下，就只能更加落寞了。當時重陽節已過，他便感覺自己衰弱不堪，因此寫下「一枝殘菊不勝愁」之句。

誠然每個時代有每個時代的問題，然而各時代也都有傑出的人才，而且未必非要在承平之時，才能使人有所作爲。儘管人才與時代錯位所產生的悲愴，造就了永恆的文學。但我們同時也知道，一般人也許可以道盡繁華，然而唯有才學過人之士能將現有的文明再進一步地推向璀璨的巔峰。

看詩人寫小說——「三十六體」段成式

寄溫飛卿箋紙 段成式

三十六鱗充使時，數番猶得裏相思。

待將袍襖重抄了，盡寫襄陽播掿詞。

亙古以前，蒙古大草原上突厥人的先祖是海神射摩舍利。祂天生具有神力，住在阿史德窟西。而海神女會在日暮時分，呈上一隻白鹿，歡迎海神回歸大海，又在第二天早晨，送祂離開海面。因此日復一日，夜晚的海神與白晝的射摩，如此交換輪替，直到數十年過後，人間部落即將舉行大規模的圍獵行動。當夜晚降臨，海神女在夢中預告白晝將出海的射摩：「明天打獵時，在先祖生活過的洞窟裡，會有一頭金角白鹿出現，你若是射中了這頭鹿，就能和我永遠同在一起，我們形影不分；如果射不中，那麼我們的緣分也就到了盡頭。」

第二天眾人進入圍場，大家果然看見了金角白鹿，射摩隨即派他的左右手將白鹿團團包圍，可是就在白鹿快要逃出重圍時，人類部落的首領率先殺了白鹿。射摩因自己失手落空而恐懼大怒！遂不分青紅皀白，親手斬殺了首領，還兇狠地立下誓約：「自殺此之後，須人祭天。」而且隨即取走了首領子孫的頭顱……。

這是唐代段成式在《酉陽雜俎》中所記載的一段關於突厥人的神話。事實上，段成式擁有多重身分，首先他是一位中國歷史上很重要的博物學家，其次是他擅寫故事，最後才是唐朝著名的詩人。前面那個故事，最後有個尾聲：「至今突厥人出征前，祭纛必以活人，就是源於這個傳說。」

此外，小說還有一個餘緒：那個日日夜夜送往迎來，忠心守候的海神女，因爲討厭射摩手上沾染了人血，於是宣布和他斷絕往來。

這個極短篇，前有事件緣起的鋪陳，中間情節陡然一轉，射摩情急殺人，又實在令人錯愕。作者不僅補充了一個突厥古俗的源頭，同時也將故事一開始所標舉草原上的突厥民族，在結局處取得了首尾貫聯的呼應，構成敘事上的完整性。猶有甚者，海神女嫌棄射摩的一幕，簡直就像是西方影視的 Closing credits，在劇終時，忽然跳出一個額外的片段，在調性上，片尾彩蛋帶有一點輕鬆幽默感，令人彷彿看見一個日常賢淑的主婦，突然因爲有潔癖而將丈夫攆走。

於是，丈夫在外頭耍威風，任意砍死人；妻子則是在家裡專門整治丈夫。兩個角色一前一後翻轉了故事的單調直述，製造出意外的波瀾，而我們這才明白，爲什麼故事伊始即說明海神女每日例行的殷勤接送？原來這是一個伏筆，只爲了突顯她最後的大逆反。她說：「爾手斬人，血氣腥穢，因緣絕矣。」雖然海神女只有寥寥數語，卻讓我們看到這女子聲情並茂的嫌惡感，躍然紙上。這樣一個小故事，讓我直覺想到西方的 Screwball comedy，無論男女，其人物都有點古怪、癲狂、奇異、不按牌理出牌。

除此之外，段成式也記錄了許多關於兵器的故事。據說唐開元年間，有一位騎兵將領名喚宋青春，此人「驍果暴戾，爲眾所忌。」如此驍勇善戰，果敢堅忍，可又是脾氣殘暴之人，因此大家都怕他。一旦西戎來犯，宋青春便毫不畏懼地衝上戰場，舉起他的雙臂，縱聲大吼，然後衝入敵人陣營，像《左傳》所說的那樣，割取敵人的左耳來作爲邀功。而且其速度之快，敵人根本追趕不上，因此西戎軍民也怕他。可是吐蕃人不明白，於是他們的軍師便令翻譯官來問西戎：「爾何不能害青春？」沒想到西戎人紛紛搶著回答：「我們看見一條青龍突陣而來，敲打著我們的兵刃，就像叩銅鐵一般鏗鏗作響。我們以爲青春乃是一位神助將軍啊！」

這番回答，傳到了宋青春的耳裡，青春低頭看著自己手上的寶劍，他知道那敵人眼中的青龍，乃是這把寶劍有靈氣！青春死後，這寶劍落到了瓜州刺史李廣琛的手中。每到風雨如晦的時候，那寶劍就會迸發出閃亮的光芒！像有幾百支燭火，照得滿室生輝。後來突厥人哥舒鎮西，也就是唐詩裡的哥舒翰聽說此寶劍，他想用別的寶物來換取這把寶劍，然而廣琛不與。無奈之下，哥舒翰只好寫詩了：「刻舟尋化去，彈鋏未酬恩。」像這一類的故事也非常多，算是段成式在博物學長期浸淫下所形成特殊風格的志怪小說。

而事實上，段成式在文學史留名乃因其「三十六體」，原來他在詩壇上，是與李商隱和溫庭筠這兩大詩人齊名的。之所以會稱爲「三十六體」，據《新唐書．文藝下．李商隱傳》記載：「商隱初爲文瑰邁奇古，及在令狐楚府，楚本工章奏，因授其學。商隱儷偶長短，繁縟過之。時溫庭筠、段成式俱用是相夸，號『三十六體』。」原來三十六是指繁縟駢儷的意思。不過也有人說他們三人在家族排行恰巧都是十六，因此他們這一個文學小派別就稱爲：「三十六體」。段成式自己有詩云：「三十六鱗充使時，數番猶得裏相思。待將袍襖重抄了，盡寫襄陽播掿詞。」這首詩寫在一張箋紙上，寄給了溫飛卿，從此他們以文會友，交往了數十年，情誼愈來愈深厚。

清代文人紀曉嵐擔任《四庫全書》總裁，當他評論段成式時，仍然回到他的小說，但也總是批評：「多詭怪不經之談，荒渺無稽之物……。」然而紀曉嵐也不否認，他這本書仍然有參考價值，所以又說：「故論者雖病其浮誇，而不能不相徵引。」也許我們不一定要從準科學的角度來要求段成式。當他在《酉陽雜俎》寫道：「山上有蔥，下有銀；山上有薤，下有金；山上有薑，下有銅錫；山上有寶玉，木旁枝皆下垂。」由此我們可以看出，段成式對於礦物與礦藏非常好奇，希望能找尋出某種規律，我們不能說他科學，但是無可否認的是，這位西元八百年出生的山東作家，與一般詩人不太相同，李商隱和溫庭筠只是寫詩，只有段成式既創作文藝，同時也對於大自然的風雷雨火、各種器物、形形色色的動植物、醫療、飲食，乃至於人們所迷信的喜兆與凶兆，還有人爲什麼會作夢等問題，他都感興趣，他都去追索，他也會進一步的加以書寫。而我相信，寫作的心靈是相通的，能寫詩的人，精神上是有一個異想空間，將之移到另外一處寫作場域，便是敘事文本的呈現，也因此成就好小說。不過像段成式這樣的人才也還是少見。

誠如魯迅所說：「或錄祕書，或敘異事，仙佛人鬼，以至動植，彌不載畢，以類相聚，有如類書……。」其實我所看到的《酉陽雜俎》並不完全是「多詭怪不經之談，荒渺無稽之物。」其實《酉陽雜俎》就是一位博物學家寫的小說，也是一位詩人寫的小說。正因爲他是博物學家，正因爲他是個詩人，所以我們看到了許多特立的行文風格，駢儷誇飾的文采，內文充滿了不可思議的各方名物，而我們若是從詩句意象的經營，以及對世界充滿好奇心的博物學等角度來看待這樣一位小說家，應當也就見怪不怪了。

浪情宴謔——孟浩然與槎頭鯿同歸於盡

峴潭　孟浩然

石潭傍隈隩，沙岸曉夤緣。試垂竹竿釣，果得槎頭鯿。
美人騁金錯，纖手膾紅鮮。因謝陸內史，蓴羹何足傳。

最近讀書，得到一個奇妙的結論：古代的大詩人都酷愛吃魚。首先在盛唐，世人都曉李太白散盡千金，只買一醉，殊不知他暢快飲酒的前提是「酌醴鱠神魚」，「鱠」是生魚片，因此在李白的心目中以爲最好的下酒菜就是當場新鮮片下來輕薄透明的魚肉。

到了中唐時期，首屈一指的大詩人乃是連續創作〈長恨歌〉與〈琵琶行〉等傳世名作的白居易。他在被貶謫江州司馬的時候，曾經寫信給畢生的摯友元稹：「湓魚頗肥，江酒極美，其餘食物，多類北地。」想來他在當地已經找到一個可以不必太過於思鄉的理由，那就是江州有肥美的溢魚。事實上，白居易對於河魚的料理也有一套自己的食譜：「魴鱗白如雪，蒸炙加桂薑。稻飯紅似花，調沃新酪漿。佐以脯醢味，間之椒薤芳。」魴魚的鱗片很細，而且通體顏色青白，肉質柔嫩，白居易將魴魚清蒸的時候，還添加了一種草本薑科的香料——桂薑，其味道就更鮮美了。品嚐魴魚時，白居易盛的是紫糯米飯，所以說「稻飯紅似花」，而且他喜歡奶油濃湯，再配上一碟下酒小菜，那是以辣椒和蔥蒜一類的辛香菜來拌炒肉醬。文人不再遠庖廚，終於讓鮮嫩可口的河魚，逐漸成爲文學世界裡脫離現實，追求自由的符號代碼。晚唐詩人趙蝦爲了美味的鱸魚而興起掛冠求去、辭官歸隱的念頭，這說明了文人嗜愛魚鮮，他們以此在詩詞中所營造的語境，可以相當於歸園田居了：「鱸魚正美不歸去，空戴南冠學楚囚。」

此外，號稱「七絕聖手」的邊塞詩人王昌齡，其實也是一位有名的美食家。他將柳橙搗泥熬煮成果醬，然後與魚肉攪拌在一起，那雪白鬆潤的魚肉和絲絲縷縷的金橙拌在一起，當時人們稱之爲「金齏玉鱠」。王昌齡特別喜愛這樣的色澤與口感，他尤其喜歡以鯖魚、沙丁魚或秋刀魚來佐自家調配的橙子醬，金橙酸酸甜甜的滋味，和魚肉新鮮綿密的口感，相得益彰，詩人說：「青魚雪落鱠橙齏」。

其實生魚片口感要好，應該還牽涉到刀工的問題。唐朝有一本很特別的書，名爲《砍鱠書》，書中記錄了當時人們對於各種刀法的專有名稱，例如：舞梨花、柳葉縷、千丈線……，每一個名字，聽起來都像是一件藝術品，值得珍藏。我認爲語言也是一種指標，我們觀察某個朝代的人在語言上講究的程度，其實就可以想見那個朝代文明的高度。

剛剛提到的晚唐詩人趙嘏，因魚鮮味美竟使得他興起辭官歸隱的念頭，這其實還不足以展現此鮮魚料理的魅力。也是剛剛提到的清蒸魴魚，這魚另外一個名字是鯿魚。唐代還有一位大詩人對這道食材情有獨鍾，最後竟然爲之喪命！那就是田園詩人孟浩然。

孟浩然〈峴潭〉詩云：「試垂竹竿釣，果得槎頭鯿。」西元七四〇年，唐玄宗開元二十八年，兩位魴魚/鯿魚同好相遇了。那時王昌齡正在襄陽旅遊，他主動拜訪了孟浩然，而孟浩然的背上正起了一個膿瘡，也許是發炎了，大夫囑咐他：「就快痊癒了，這段時間千萬別吃河鮮。否則將有性命之憂。」但是老友好不容易相聚，那王昌齡又是個邊塞詩人，難得來到襄陽，兩人一時忘情，杯觥交錯，詩酒往來，再加上漢江的槎頭鯿，味道鮮美，口感肥厚。孟浩然竟然浪情宴謔，忘了自己不能吃河鮮，當他品嚐完這道美食之後，病情即刻加重！王昌齡還在襄陽，那孟浩然已經撒手人寰。

僅僅一尾鯿魚，就能要了大詩人的命。也許品味鮮魚，眞是一種文人縱情恣行的姿態，在此飲食情境中，他們的豪放不羈與享受美食享受自由的願望，都在這裡顯現。倘若詩人畏首畏尾，不擎酒杯不動筷，我想那就不是孟浩然了。眞正的孟浩然，他已經爽快地與漢江中的一尾鯿魚，同歸於盡。

白雲堪臥——詩歌裡的仙人與仙鄉

白雲歌送劉十六歸山　李白

楚山秦山皆白雲，白雲處處長隨君。
長隨君，君入楚山裡，雲亦隨君渡湘水。
湘水上，女蘿衣，白雲堪臥君早歸。

「遠上寒山石徑斜，白雲深處有人家」，晚唐詩人杜牧在山中行走，山林間的小徑曲折傾斜，詩人步履些微蹣跚，抬頭卻望見一團團白雲之中，隱隱藏著竹籬茅舍、青瓦粉垣，其間伴隨著裊裊炊煙，也許還有幾聲雞啼，讓人直覺有家的味道，也有人情味的氣息。是什麼樣的人住在那裡？住在朵朵白雲深處。此時白雲已幻化爲仙氣飄飄的夢幻居所，引人不住地揣想與神往……。

除了那不問世事，隱逸仙鄉的空間意象；同爲唐朝詩人，崔顥則以白雲書寫時間的邈遠：「黃鶴一去不復返，白雲千載空悠悠。」文學裡的天空與雲，果眞有仙氣，方能承載千年歲月，涵融今古情懷。

詠白雲，寫溫馨可愛的人家；歌白雲，嘆歷史時序的奔馳，卻終究只是徒然。想白雲，它也可以就是一個人的化身。也是唐人，而且正是赫赫有名的唐朝詩人李白，在送劉十六歸山時，形容他的好友在白雲深深的楚山與秦山之間，「白雲處處長隨君。」那潔白無垢的雲朵像是生了雙翼，矢志追隨劉十六：「白雲處處長隨君。長隨君，君入楚山裡，雲亦隨君渡湘水。」劉十六在李白的筆下竟成了永恆的仙人，爲白雲所傾慕和追隨。我們彷彿看見了劉十六飄逸仙品的風姿。

白雲深處有人家，白雲千載空悠悠，白雲處處長隨君。在仙鄉、仙史與仙人之間，李白、崔顥與杜牧也許還想藉著天上的白雲訴說人間情懷，引發我們內心深處的願望與對詩人的共鳴。於是當我們反覆吟詠詩歌，心神嚮往之時，內心所寄託的家園與友人便浮現在眼前了。

世紀末・風雲散——晚唐的另類詩人

長安城北抄書匠，拗句連篇貼內藏。
鶥啼蝶夢深哀婉，鶴舞燕飛笑大方。

答盧從史　風雲散

唐朝在發生安史之亂以後，時間很快地來到唐武宗時期。那時大宦官仇士良玩弄皇帝於股掌之間，簡直到了令人髮指的地步！他在致仕前，傳授給子弟兵的法則是：「天子不可令閒暇，暇必觀書，見儒臣，則又納諫，智深慮遠，減玩好，省遊幸。」所以他囑咐同黨們調教儲君要多多「殖財貨，盛鷹馬，日以球獵聲色蠱其心，極侈靡……」，皇帝至此已成為一個廢人，日夜聲色犬馬到了無止息的地步。於是經書也不讀了，治國之道也不講究了，到那時，仇士良很快樂地說：「萬機在我，恩澤權力欲焉往哉？」如果我們在《新唐書》裡看到這段話，已經搖頭嘆息不已，那麼底下還有更令人難堪卻又是擺在眼前的事實。

晚唐的內憂是宦官，外患則來自各地意欲推翻王朝，於是揭竿而起的地方勢力，例如：黃巢、王仙芝等等。他們從外圍包裹核心，早就已經將唐王朝團團封鎖。因此晚唐時期，帝國事實上僅是被封鎖在一個比長安城大不了太多的小圈子裡，自欺欺人地殘喘著微弱的氣息，講得更直白，是個坐以待斃的小國了。

在王朝的末年，經濟與帝國命脈是連動的。北方戰爭連年，人口因而頓減，土地荒蕪一片，百姓流離，也有大量往南方遷徙的現象。於是晚唐時期的蘇州，就成為了全國經濟的中心。而在江南穩定成長的發展過程中，手工業的水準之大幅提升，也是不容小覷的經濟面貌。有意思的是，當時最出色的手工業，除了我們平常一想而知的絲綢紡織業之外，最高超的手工業生產項目其實是「造船業」，而且當時最重要的造船基地在揚州。主持工程的大使，是留名稱史冊的人物，名叫唐遜。

事實上，因為東南沿海的海岸線很長，因此造船業在唐朝是個發展極為迅速的新興產業。除了國營造船廠資源雄厚之外，當時還興起私人企業投資造船，並且規模都很大，生產線上各部門分工明確，甚至於能夠打造戰艦。

從宮廷的亂象，到地方上動輒維持十數年火燒火燎的國內戰爭，此外還有對外攻打高句麗的炮火。接著我們再看到經濟上的蓬勃興盛，此時已不難發現，我們可以也很需要從各種不同的角度來重新審視和觀察「後安史之亂」時期的晚唐。

在文學方面，當然有許許多多我們所熟知的詩人，像是李商隱、杜牧等等。然而今天我們要介紹一位大家不熟悉的詩人——風雲散。他本姓房，是初唐時期著名宰相房玄齡的後代，只可惜他沒有生活在盛世，而是一生漂泊於朝代末年的亂世之中。因此他只能為自己取一個像「風雲散」這樣的名號來寄託眼見大廈將傾的無奈之慨。

他不僅是個詩人，也是個隱士，更是帶頭起義的反對派領袖。作為摧垮王朝的一支軍隊，風雲散發兵的地點在西涼，也就是今天的甘肅到新疆一帶。他的部隊稱為「立字營」，其訴求在於廓清叛亂的驕兵藩鎮。

儘管風雲散在時局上起不了太大的作用，但是他在長安城北隱居時的詩句卻永遠地保留下來了。我們透過敦煌殘卷看到了〈答盧從史〉：「長安城北抄書匠，拗句連篇貼內藏。鵑啼蝶夢深哀婉，鶴舞燕飛笑大方。」

我看到一個文人武將合體，自嘲自樂，快意自適的詩人，混跡於亂世，在漂泊的歲月與滄桑的人世間，最終以詩歌尋求到心靈的安慰。

男性慾望的投射——唐朝女詩人李季蘭

湖上臥病喜陸鴻漸至

李冶

昔去繁霜月，今來苦霧時。相逢仍臥病，欲語淚先垂。

強勸陶家酒，還吟謝客詩。偶然成一醉，此外更何之。

「妾家本住巫山雲，巫山流泉常自聞。」李季蘭是個四川女子。元朝的西域詩人辛文房撰寫《唐才子傳》，將她形容得端莊嫻雅，氣質高尚：「美姿容，神情蕭散，專心翰墨，善彈琴，尤工格律。」如此看來，李季蘭長得很好看，重點在於她的神情輕鬆自在，散宕而沒有拘束。而且季蘭的古琴與詩歌造詣都相當好！如此美好的形象，讓我們後世讀者都爲之嚮往不已。只是辛文房乃是元朝人，去唐已遠，他所描摹的李季蘭，恐怕泰半是出自於他個人的主觀意願。

但是與她同時代的劉長卿，這位在中國官場史上以脾氣剛烈，很容易得罪人而聞名的詩人，卻又將李季蘭形容爲：「女中詩豪」。而劉長卿字文房，這使我們看到辛文房與劉文房兩人對同一女子的欣賞與描述，已呈現不同的風貌。

還有那同爲唐朝的詩人，出身於渤海，大約就是今天的山東人——高仲武則形容她：「形器既雄，詩意亦盪，自鮑照已下，罕有其倫。」然後，高仲武還在他自己所編選的詩集《中興間氣集》裡，記錄下一個開黃腔的生活片段：

「（季蘭）嘗與諸賢集烏程開元寺，河間劉長卿有陰重之疾，乃消之曰：『山氣日夕佳。』長卿對曰：『眾鳥欣有托。』舉座大笑，論兩者美之。」

原來劉長卿有疝氣之疾，因此李季蘭以古詩之諧音來與他取笑。而劉長卿也以古詩來還擊，果然現場笑聲哄然不絕！

當時唐朝的大文人們恐怕都愛李季蘭。一代茶聖陸羽特別在季蘭臥病的時候，前來探望。惹得女詩人感動不已：「昔去繁霜月，今來苦霧時。相逢仍臥病，欲語淚先垂。」

甚至於連名僧皎然，他是大詩人謝靈運的第十世孫，看到李季蘭，也爲她賦詩：「天女來相試，將花欲染衣。禪心竟不起，還捧舊花歸。」兩人之間互相暗示取悅討好，最終所謂的得道名僧，只能毫無條件地拜倒在女冠子的石榴裙下。

在現今保存的近五萬首唐詩中，女詩人的作品僅占千分之一。於是她們成爲男作家追捧的焦點。單單一位李季蘭，便有人說她長得好看，有人說她的琴音優美，山東人說她身材與詩風俱形象高大，而脾氣剛烈的人又說她性情豪邁，那搞笑派還與她譃浪嬉笑呢！並且中國的茶聖、名僧也都爲她所傾倒！

然而她究竟是個什麼樣的人？傳奇女子依然神祕。只因爲她是眾多男性內心渴望的焦點，也是愛與慾的自我投射。

我想談談王昌齡——下筆慷慨激昂，內心平靜無波

出塞二首　其一

王昌齡

秦時明月漢時關，萬里長征人未還。
但使龍城飛將在，不教胡馬度陰山。

我們知道王昌齡筆下的「飛將」指的是名將李廣。「飛」這個字用得很特殊，其實也是有典故的。原來李廣曾經被匈奴俘虜，因爲他受傷，所以躺在網狀的擔架上，讓馬馱著。他起先佯裝熟睡，趁所有人不防備時，身體從平躺的姿勢陡然騰躍而起，並且很精準地直接落坐在一匹馬的鞍上，然後以極快的速度揚鞭而去。雖然兵敗被俘，需遭受朝廷懲罰性的貶謫，事實上他被調去兵工廠當一名修造兵器的廬人。然而在民間，「飛將軍」的名號卻已不脛而走，這個現象反映出他之武功高強，已經使他成爲百姓間口耳相傳、津津樂道的偶像及傳奇人物。

王昌齡說：如果飛將軍在，絕對不會讓胡人踰越雷池半步。但其實李廣的命運很坎坷，也可以說他是個時運不濟的人。我們對他最熟知的便是他人生最後的一場戰役。那時，李廣的部隊在狂風沙塵的戰場上迷了路，因此不能與衛青大軍會合，事後在公開審問的責難下，李廣因年事已高，不堪受辱，於是拔刀自刎……。

初唐王勃〈滕王閣序〉云：「時運不濟，命途多舛。馮唐易老，李廣難封。」自古以來，「時運不濟」四個字屈煞了多少才氣橫溢的文士武將！

王昌齡二十多歲時，曾經到了西北塞外，進入軍幕。這段具體的生活經驗，使他對於戰爭有深刻的體會。於是他不僅寫名將，也寫老兵，這些被迫從軍的人，從十五歲就被徵召，自此身上的鎧甲，不再卸下。長年於部隊裡，軍糧時常接繼不上，所以總是餓著肚子。「十五役邊地，三回討樓蘭。連年不解甲，積日無所餐。」

更可怕的當然是每天面臨著死亡的壓力。眼看著身旁的同袍，能夠給予彼此心靈安慰的戰友們，一個接著一個離去，自己不知道哪一天也將走向死亡之路？王昌齡說：「去時三十萬，獨自還長安。」這麼驚悚的一句話，真教人情何以堪！王昌齡的邊塞詩並未稱頌戰爭，而是以寫實的畫面，讓我們看到戰爭荒謬突梯與慘酷的一面：「不信沙場苦，君看刀箭瘢。鄉親悉零落，冢墓亦摧殘。」

王昌齡作爲當時傳唱極廣，作品高度流行的詩人，他藉由詩歌表達出強烈的控訴！那情緒是激烈的，字裡行間所蓄積的力道與張力也很強勁。音韻鏗鏘，刻劃生動，讀之使人難忘。然而事實上，他是一位學佛之人，特別受到唯識宗的影響。在宗教的浸染下，王昌齡認爲一個詩人能寫好詩的前提在於，他的心需是「通寂」，也就是心裡非常平和寂靜而無雜念。唯有如此，才能將外在世界的氣象萬千，轉化爲內在的心象。也才能以詩歌來抒發憤慨。因此我們知道，當他的詩歌與文章寫得愈是激動，其實他的內心愈是平靜無波。

人自洛陽過，回馬欲黃昏——賈島

登江亭晚望　賈島

浩渺浸雲根，煙嵐沒遠村。鳥歸沙有跡，帆過浪無痕。

望水知柔性，看山欲倦魂。縱情猶未已，回馬欲黃昏。

在我還來不及理解「島瘦」之「瘦」時，已經愛上了閬仙的詩了。首先是他的「十年磨一劍」，將所有的精神都化為一股集中的毅力，專注而又專注，只為做好一件事，完成人生之大任務。賈島可是以「推敲」文字聞名的苦吟派宗師。因此他能夠沉浸在一首詩，甚至於是一個字的淬煉裡，忘卻苦煩，堅持下去，不僅十年磨一劍，他還寫過「二句三年得」，使我們不得不佩服他很驚人的耐力。

而當他磨成了寶劍之後，卻又立刻幻化成一名刀口上舔血的冷面殺手，同時也是正義的使者與路見不平的俠客。只因「霜刃未曾試」，於是他迫不及待地想要管管人間事，藉以展現自我磨練和嚴格砥礪的成果。

我除了喜愛賈島磊落瀟灑的劍仙形象，我也愛他筆下的秋天。沒有人寫秋，能夠像他這樣，將狂亂的心寄託在蒼茫的江水與紛飛飄零的落葉間，又將一身的疲憊與滄桑都化作了詩句。

「秋風生渭水，落葉滿長安。」每當看到這樣的詩句，我簡直不知道該將自己的一顆心往哪裡放？

也是在秋天，他又寫了一首這樣的詩：「關西又落木，心事復如何。歲月辭山久，秋霖入夜多。鳥從井口出，人自洛陽過。倚杖聊閒望，田家未剪禾。」秋天是伴隨著重重心事的季節，雖然住在山中，早已無歲月。但回顧這一生，賈島出家做過和尚，還俗進過科場。在洛陽的時候，也寫詩，寫著寫著碰上了一生亦師亦友的知音韓愈。然而畢竟還是官運不佳，所以到頭來他只是一名洛陽的過客。

在總結人生時，蘇東坡曾經說過：「歸去，也無風雨也無晴。」其實對於賈島而言，根本不需要那麼用力和刻意地表現出自己的豁達。賈島輕鬆自在地拄著手杖閒晃，下意識地看看農家的莊稼收割了沒。這份自然和安詳，是不做作的。

然而我最愛的還是以下這首詩。在我眼中，賈島對生命旅程的歸結，猶有越過東坡先生之處。〈登江亭晚望〉：「浩渺浸雲根，煙嵐沒遠村。鳥歸沙有跡，帆過浪無痕。望水知柔性，看山欲倦魂。縱情猶未已，回馬欲黃昏。」在他看過了天上浩渺的雲，遠方朦朧的山村，人的一生做了很多事，有些事情會留下痕跡，有些事則是船過水無痕，我們在人生的道路上，一路做事也邊看風景，那時看山是山，看水是水，然而當我們的興致正好，還想再多多認識這世界的時候，驀然回首竟赫然發現自己的生命已經走到盡頭了。這樣的詩大體上既寫現實環境，同時抒發了內在的情志。對於人生的歸宿，興起了幾許無奈。

我同意晚唐司空圖的話：「賈浪仙誠有警句，視其全篇，意思殊餒，大抵附於蹇澀，方可致才，亦爲體之不備也。」回顧我所欣賞的詩篇，確實是警句多。於是我漸漸能夠體會蘇軾所云：「元輕白俗，郊寒島瘦。」

醉倒江湖——陸龜蒙

和襲美春夕酒醒　陸龜蒙

幾年無事傍江湖，醉倒黃公舊酒壚。
覺後不知明月上，滿身花影倩人扶。

這首詩好美！我在「滿身花影」裡，只覺得滿眼都是月亮的光輝了。能夠將月光作陌生化書寫，寫得浪漫灑脫又富有畫面感，其作者就是我很喜愛的一位詩人——陸龜蒙。

我喜愛他，不僅因爲詩好，還因爲在他的身上有許多令人欣喜的事。首先，他是一個有田產的人。雖然有田產的人未必會眞的下田工作，但是陸龜蒙卻是一位眞正挖溝築堤、疏濬防災，從農耕技術到專業工程都具有豐富經驗的詩人。他寫下了《耒耜經》，具體描繪和分析幾種重要農業工具的結構與功用。這也是一部工具書，可以讓人按圖索驥，DIY 製作出符合自己需求的農具。《耒耜經》一書中所記載的技術和觀念，早於西方六百多年，是可貴的農業專著。這樣的專業著作，出自晚唐詩人之手，更令人感到驚豔！

然而陸龜蒙的「斜槓」還不僅於此，原來他對於動、植物的養殖及相關病蟲害的知識也非常豐富！

此外，他之精通茶道，也是我很感興趣的話題之一。《紅樓夢》裡，有以梅花上的雪來點茶的情節。而陸龜蒙則是以松針上的雪來烹茶。看著熱水如浪花般翻騰，便徐徐加入茶粉……，在擁有一杯好茶的恬靜時刻，詩人說：「此時不宜看書，應該讀一讀摯友的來信。」我想他這樣「規定」，是將茶作爲最親近的友伴，正因爲有茶相守，讀起信來，更能能夠感受到字裡行間溫暖的情誼。「閒來松間坐，看煮松上雪。時於浪花裡，並下藍英末。傾餘精爽健，忽似氛埃滅。不合別觀書，但宜窺玉札。」

何處不是故人情？——從〈秋興〉到〈無題〉

秋興八首・其一　杜甫

玉露凋傷楓樹林，巫山巫峽氣蕭森。
江間波浪兼天涌，塞上風雲接地陰。
叢菊兩開他日淚，孤舟一繫故園心。
寒衣處處催刀尺，白帝城高急暮砧。

無題　李商隱

重幃深下莫愁堂，臥後清宵細細長。
神女生涯原是夢，小姑居處本無郎。
風波不信菱枝弱，月露誰教桂葉香。
直道相思了無益，未妨惆悵是清狂。

杜甫與李商隱，兩人之間整整相隔一百年。而老杜的〈秋興〉八首與義山的七律〈無題〉，則分別是兩位詩人平生藝術巔峰的代表作，並且在文學史上堪稱赫赫有名，等量齊觀。

兩位詩人在開篇的首聯上，皆不約而同地鋪陳出各自的環境與場景。杜甫說：「玉露凋傷楓樹林，巫山巫峽氣蕭森。」詩人摹寫深秋樹林間楓葉片片凋殘，極目四望，大山、峽谷氣象蕭條陰森。我想杜甫此時的心情大約是被很沉重的無力感所籠罩，他的修辭帶有時代悲歌的龐大能量。

我們再看看李商隱名作中所拉開的序幕：「重幃深下莫愁堂，臥後清宵細細長。」美麗而憂傷的女子深閨獨處，夜色寧謐，人孤獨，時間彷彿凝滯，然而真正凝滯的其實是人心，其實是那個怎麼也等不回的人心。

從帷幕深深的小閣樓，再回到杜甫的大場景，頷聯：「江間波浪兼天湧，塞上風雲接地陰。」江面上忽然一個高浪，翻上了天；同時氣壓低得彷彿天上的雲都要壓到地面上來。可以想見在杜甫的眼中，大地一片陰暗，看不見光明的未來。冷清陰森的氣氛籠罩在世人的心頭，也壓住了讀者眼前的一片視野。高浪和雲低，構成了磅礡的氣勢，遼闊的景象，突顯出人的渺小，與世間道不盡的滄桑。

杜甫繼續在頸聯寫道：「叢菊兩開他日淚，孤舟一繫故園心。」這就是這首詩的重點了，原來是思鄉。詩人內心的苦悶都來自於有家歸不得。兩度秋菊盛開，眼下一年一年地過，明明有可以返鄉的行船，卻仍然漂泊無定，孑然一身。這景況怎不淒涼？那時節怎不情傷？

其實李商隱寫的主題也是思念，這小姑獨處的境況，竟像是被風雨摧殘的柔弱菱枝。然而就算是痴情無用，思念無窮，愛一個人，到頭來無疾而終。此刻都不能也不願放棄。弱女子誓言：「就讓我一生一世痴情任性下去吧，哪管世人的眼光，哪怕後代評說，今生只要能夠愛，我便終身不渝，也絕不後悔！」最後，李商隱在尾聯說出了他的名言：「直道相思了無益，未妨惆悵是清狂。」

我們還是以杜甫的詩來作爲結尾吧。一樣是不眠的夜，詩人聽得家家戶戶忙著趕製冬衣，砧聲因此不絕於耳。那聲音是催趕的、倉促地、在急迫中帶著苦難的靈魂，離散在這無情的天地之間，飽嘗人間辛酸。

也許唐詩盡是思念，思念家園、思念親故、思念心中深愛的人。然而不同的詩人，風格自是不同，筆下的情調也迥異。將杜甫與李商隱兩位截然斜槓的詩人湊近並列，以近距離的角度來對照比較，其實是很好玩的遊戲，因爲一下子我們就看出兩人之間不同的性格形象，這也許是對於唐詩初入門的讀者而言，可以快速領略的一種解讀方式。

如今我們隔著千百年的時光，重新欣賞，不僅審視了他們的修辭，也品味出他們內在深邃而不為人知的感觸與心境。

詩人本色——皮日休

三羞詩三首

皮日休

吾聞古君子，介介勵其節。入門疑儲宮，撫己思鈇鉞。
志者若不退，佞者何由達。君臣一殽膳，家國共殘殺。
此道見於今，永思心若裂。王臣方謇謇，佐我無玷缺。
如何以謀計，中道生芽櫱。憲司遵故典，分道播南越。
蒼惶出班行，家室不容別。玄鬢行爲霜，清淚立成血。
乘遽劇飛鳥，就傳過風發。嗟吾何爲者，叨在造士列。
獻文不上第，歸於淮之汭。蹇蹄可再奔，退羽可後歇。
利則侶軒裳，塞則友松月。而於方寸內，未有是愁結。
未爲祿食仕，俯不愧粱糲。未爲冠冕人，死不慚忠烈。

如何有是心，不能叩丹闕。赫赫負君歸，南山采芝蕨。
南荒不擇吏，致我交阯覆。綿聯三四年，流爲中夏辱。
懦者鬥即退，武者兵則黷。軍庸滿天下，戰將多金玉。
刮則齊民癰，分爲猛士祿。雄健許昌師，忠武冠其族。
去爲萬騎風，住作一川肉。昨朝殘卒回，千門萬戶哭。
哀聲動閭里，怨氣成山谷。誰能聽晝鼙，不忍看金鏃。
吾有制勝術，不奈賤碌碌。貯之胸臆間，慚見許師屬。
自嗟胡爲者，得躡前修躅。家不出軍租，身不識部曲。
亦衣許師衣，亦食許師粟。方知古人道，蔭我已爲足。
念此向誰羞，悠悠潁川綠。

天子丙戌年，淮右民多飢。就中潁之汭，轉徙何累累。
夫婦相顧亡，棄卻抱中兒。兄弟各自散，出門如大痴。
一金易蘆卜，一縑換鳧茈。荒村墓鳥樹，空屋野花籬。

兒童齧草根，倚桑空羸羸。斑白死路傍，枕土皆離離。
方知聖人教，於民良在斯。厲能去人愛，荒能奪人慈。
如何司牧者，有術皆在茲。粵吾何爲人，數畝清溪湄。
一寫落第文，一家歡復嬉。朝食有麥饘，晨起有布衣。
一身既飽暖，一家無怨咨。家雖有畎畝，手不秉鎡基。
歲雖有札瘥，庖不廢晨炊。何道以致是，我有明公知。
食之以侯食，衣之以侯衣。歸時恤金帛，使我奉庭闈。
撫己愧潁民，奚不進德爲。因茲感知己，盡日空涕洟。

談過陸龜蒙，不可不提皮日休。晚唐時期，皮陸並稱，他們是好朋友，在詩壇更是猶如泥淖之中的璞玉，爲後世喜愛他們的讀者，留下了許多動人的篇章。

事實上，皮日休著名的〈七愛〉、〈三羞〉、〈正樂府〉等系列，都反映了他的人生觀與價值思想。我們逐段來看看他〈三羞詩〉的序文：

其一：「丙戌歲，日休射策不上，東退於肥陵。出都門，見朝列中論犯當權者，得罪南竄，卯詔辰發，持法吏不容一息留私室。視其色，若將厭祿位、悔名望者。皮子窺之，惘然泣，衄然羞，故作是詩以讟之。」皮日休眼前的這個人，因爲直言極諫，不見容於當權，於是遭到了流放的命運。這個具有道德勇氣的人，此刻看來是如此地灰心喪志，不僅對於俸祿爵位不再留戀，而且也放棄了過往自己一直很珍惜的名譽和聲望。

晚唐誠然是一個黑暗時代，然而皮日休卻很清楚地意識到：「志者若不退，佞者何由達。」所以他很慚愧，因爲他的勇氣不及眼前這個流放的犯官。所以他紅著臉寫下這首詩，作爲贈別。雖然皮日休個人感到慚愧，然而知恥近乎勇，他的道德良知還在一般人之上，況且留下這首詩，也給世人帶來了警醒的作用。

至於〈三羞詩〉第二首的序文寫道：「日休旅次於許傳舍，聞叫箯之聲動於城郭，問於道民，民曰：『蠻圍我交，奉詔徵許兵二千徵之，其徵且再，有戰皆歿。其哭者，許兵之屬。』嗚呼！揚子不云，夫朱崖之絕，捐之之力也，否則介鱗易我衣裳，其是之謂耶？皮子爲之內過曰：『吾之道不足以濟時，不可以備位，又手不提桴鼓，身不被兵械，恬然自順，恬然自樂，吾亦爲許師之罪人耳。』作詩以弔之。」

這段話最令人難過的地方，莫過於「其徵且再，有戰皆歿」，八個字，說明了戰爭對於人命的摧殘與傷害。而且與這八個字對舉的又無疑是：「恬然自順，恬然自樂」，這也是八個字，但情境卻截然不同。皮日休在自己的快慰平生之中，也看到了戰爭的眞實的景況，他在詩歌裡寫道：「儒者鬥即退，武者兵則黷。軍庸滿天下，戰將多金玉。刮則齊民癰，分爲猛士祿。」在他生活的年代，窮兵黷武的軍閥手握高官厚祿，因此他們越發樂於啓動戰爭。然而卻苦了百姓：「昨朝殘卒回，千門萬戶哭。哀聲動閭里，怨氣成山谷。」皮日休生活在自適安樂的心境中，同時還能體會他人的不幸與苦難，這是民胞物與的精神，也是人溺己溺，人飢己飢的胸懷。

在天災不斷，人謀不臧的年代，皮日休悲憫之心與儒者襟懷，於詩篇的字裡行間，溢於言表。接著我們看〈三羞〉其三：「丙戌歲，淮右蝗旱。日休寓小墅於州東，下第後歸之，見潁民轉徙者盈途塞陌，至有父捨其子，夫捐其妻。行哭立丐，朝去夕死。嗚呼！天地誠不仁耶！皮子之山居，椸有襲，鑊有炊。晏眠而夕飽，朝樂而暮娛。何能於潁川民而獨享是爲將天地遺之耶？因羞不自容，作詩以唁之。」

在〈三羞〉中，我們看到詩歌成爲詩人自傷懷抱的悼詞與自我省察。皮日休這種油然而生的惻隱之心與羞愧之慨，是孔孟之道，是人之常情，也是詩人言志的本色。

此外，他在〈七愛〉系列裡，表達了他對李白、盧鴻、白居易、房玄齡、杜如晦等名家的仰慕之情，尙友古人，也是他在政治與文學方面，取法乎上的立場聲明。

雖然史書上說他眇一目，且外貌寢陋，但是爲人處世最重要的是心胸磊落，格局開闊，皮日休甚至勇於針砭當道：「古之置吏也，將以逐盜；今之置吏也，將以爲盜。」、「古之取天下也，以民心；今之取天下也，以民命。」如此不畏權勢的猛烈批評，則皮日休在亂世之中，亦可謂中流砥柱了。

硯之禮讚——兼談李賀

楊生青花紫石硯歌

李賀

端州石工巧如神，踏天磨刀割紫雲。
傭刓抱水含滿脣，暗灑萇弘冷血痕。
紗帷晝暖墨花春，輕漚漂沫松麝薰。
乾膩薄重立腳勻，數寸光秋無日昏。
圓毫促點聲靜新，孔硯寬頑何足云。

在文房佳品中，我最喜愛硯臺。所收藏者，端硯爲多，不僅有活眼，另外還有一方純白色，觸感柔滑細膩，並且是可愛兔子造型的白端。無獨有偶的是，另一方綠瑩瑩的松花硯，小小的墨池邊，也雕琢著一隻小玉兔。這些硯臺個個精美無瑕，也有在原礦上做巧雕的，雕出池塘裡的一對天鵝……。

至於歙硯與徽墨，則是來自我父親的老家，因此我特別珍惜那帶有感情的事物，無論它的價值幾許，放在心頭的分量才是最實際的感受。

古之文人也有愛硯成痴的。書畫大師米芾硬是將宋徽宗一方盛滿了墨汁的珍貴硯臺，塞進懷裡，逼得皇帝不得不割愛。

至於大文豪蘇東坡也是一生熱愛收硯與製硯。文獻中記載的蘇軾硯有：石渠硯、東井硯、從星硯、龍珠硯、結繩硯……。而這項嗜好則可以遠紹自他十二歲時，在遊戲場中發掘到一塊淺綠色帶銀星紋樣的溫潤美石，他試著用來做硯臺，結果發墨效果很好！當時他的父親蘇洵還為這塊硯臺取了正式的名稱，叫做「天硯」。

其實文人收硯並不新奇，我所欣賞的還是文人「寫硯」。唐朝詩人李賀有〈楊生青花紫石硯歌〉：「端州石工巧如神，踏天磨刀割紫雲。傭刓抱水含滿脣，暗灑萇弘冷血痕。紗帷晝暖墨花春，輕漚漂沫松麝薰。乾膩薄重立腳匀，數寸光秋無日昏。圓毫促點聲靜新，孔硯寬頑何足云。」詩人以青天紫雲來形容端硯之美，而那采石人便是踏著青天割紫雲的高手！同時，硯臺上注水的地方，被形象化成為含著滿水的豐潤雙脣，給人一種既濃郁又匀稱的美感想像。同時，使用這方硯臺，也讓人達到了感官上的極致。磨墨時滑潤的觸感，營造出輕盈的墨沫，空氣中從而散發出松樹和麝香的芬芳，這芬芳，乃是文人的春天！而當筆尖觸碰上硯臺，沾染了墨汁的那一刻，心靈想必也會爲之悸動。

李賀的詩，總是帶給我一種橫跨時空，觸電般剎那間心頭震顫的別樣感受。

寫給十七歲的少年——杜牧〈阿房宮賦〉

阿房宮賦

杜牧

六王畢，四海一，蜀山兀，阿房出。覆壓三百餘里，隔離天日。驪山北構而西折，直走咸陽。二川溶溶，流入宮牆。五步一樓，十步一閣；廊腰縵迴，簷牙高啄；各抱地勢，鉤心鬭角。盤盤焉，囷囷焉，蜂房水渦，矗不知其幾千萬落。長橋臥波，未雲何龍？複道行空，不霽何虹？高低冥迷，不知乎西東。歌臺暖響，春光融融；舞殿冷袖，風雨凄凄。一日之內，一宮之間，而氣候不齊。（不知乎一作：不知其；西東一作：東西）

妃嬪媵嬙，王子皇孫，辭樓下殿，輦來於秦，朝歌夜弦，爲秦宮人。明星熒熒，開妝鏡也；綠雲擾擾，梳曉鬟也；渭流漲膩，棄脂水也；

煙斜霧橫，焚椒蘭也。雷霆乍驚，宮車過也；轆轆遠聽，杳不知其所之也。一肌一容，盡態極妍，縵立遠視，而望幸焉。有不得見者，三十六年。（有不得見者一作：有不見者）

燕趙之收藏，韓魏之經營，齊楚之精英，幾世幾年，剽掠其人，倚疊如山。一旦不能有，輸來其間。鼎鐺玉石，金塊珠礫，棄擲邐迤，秦人視之，亦不甚惜。嗟乎！一人之心，千萬人之心也。秦愛紛奢，人亦念其家。奈何取之盡錙銖，用之如泥沙？使負棟之柱，多於南畝之農夫；架梁之椽，多於機上之工女；釘頭磷磷，多於在庾之粟粒；瓦縫參差，多於周身之帛縷；直欄橫檻，多於九土之城郭；管弦嘔啞，多於市人之言語。使天下之人，不敢言而敢怒。獨夫之心，日益驕固。戍卒叫，函谷舉，楚人一炬，可憐焦土！

嗚呼！滅六國者，六國也，非秦也；族秦者，秦也，非天下也。嗟夫！使六國各愛其人，則足以拒秦；使秦復愛六國之人，則遞三世可至萬世而為君，誰得而族滅也？秦人不暇自哀，而後人哀之；後人哀之而不鑒之，亦使後人而復哀後人也。

記得當年，初讀〈阿房宮賦〉，因全文曉暢，故兩分鐘讀完，絲毫不需停頓。文中寫占地：「覆壓三百餘里，隔離天日。驪山北構而西折，直走咸陽。」寫建築：「五步一樓，十步一閣。廊腰縵迴，簷牙高啄。各抱地勢，鉤心鬬角。」有韻腳：「長橋臥波，未雲何龍？複道行空，不霽何虹？高低冥迷，不知西東。」有排比：「明星熒熒，開妝鏡也。綠雲擾擾，梳曉鬟也。渭流漲膩，棄脂水也。煙斜霧橫，焚椒蘭也。雷霆乍驚，宮車過也。」

如此龐大的建築工程，一分一毫都來自民脂民膏：「秦愛紛奢，人亦念其家。奈何取之盡錙銖，用之如泥沙？」執政者不珍惜民力物力，到了揮霍無度的地步，怎不教人連連嘆息！

在三段行文之後，杜牧筆鋒疾走總結：「滅六國者，六國也，非秦也。族秦者，秦也，非天下也。嗟夫！使六國各愛其人，則足以拒秦。使秦復愛六國之人，則遞三世可至萬世而爲君，誰得而族滅也？秦人不暇自哀，而後人哀之。後人哀之，而不鑒之，亦使後人而復哀後人也。」古來受辱者、滅亡者，皆自取也。而晚唐詩人杜牧眼見皇帝「大起宮室，廣聲色」，故寫是篇以爲諫。

事實上，杜牧所面對的是一位十六歲的小皇帝。他天天忙著踢球、打獵，只愛聲色犬馬，恐怕不願多花時間閱讀大臣的文章。因此這篇〈阿房宮賦〉的篇幅不長，恐怕小皇帝的程度也不夠好，爲此詩人所選用的詞藻典麗而不艱澀，沒有生難詞，主要是希望能讓君主快速瀏覽一下，便能理解。

唐代的第十六位皇帝唐敬宗李湛，即位時年僅一十六，鎮日沉迷擊鞠，而且是「驢鞠」（騎驢打馬球），也酷愛角抵（摔角）等運動項目。他還有一個奇怪的癖好，喜歡在宮中打夜狐。更離譜的是「視朝月不再三，大臣罕得晉見」。而〈阿房宮賦〉裡寫道：由於皇帝的嬪妃太多，雖然個個極盡妝容，但是仍有許多人入宮之後三十六年都沒有機會見到皇帝。「一肌一容，盡態極妍。縵立遠視，而望幸焉。有不得見者，三十六年。」我想這段文字應該也是為唐敬宗寫的。因為到他十七歲駕崩前，雖未立皇后，然而身旁卻多有輕鳳、飛鸞等舞姬環繞……。

〈阿房宮賦〉的作者是晚唐詩人杜牧，他是三朝宰相杜佑的孫子，二十五歲進士及第，此後平步青雲，在地方上任州刺史，回到中央即出任考功郎中兼知制誥，最後遷中書舍人，這是皇帝身旁一等一的祕書長，掌管詔令敕旨、審閱奏表等事。我讀歷史，看敬宗小皇帝其實並不壞，就是年輕浮躁好動。以杜牧的職掌，〈阿房宮賦〉應該很容易進呈御覽。只可惜皇帝不假天年，只十七歲，就被宦官合謀害死。看來君臣之間的遇合，也有一定的運數。

儘管如此，因文中用到了「愛」這個字眼，正是我最看重的部分：「使六國各愛其人，則足以拒秦。使秦復愛六國之人，則遞三世可至萬世……。」愛的力量可以戰勝一切。而且無論世事如何變遷，都不妨礙〈阿房宮賦〉曾經是一篇專門寫給十七歲少年看的好文章。

唐朝詩人在行天宮——駱賓王

爲徐敬業討武曌檄

駱賓王

僞臨朝武氏者，性非和順，地實寒微。昔充太宗下陳，嘗以更衣入侍。洎乎晚節，穢亂春宮。潛隱先帝之私，陰圖後房之嬖。入門見嫉，蛾眉不肯讓人；掩袖工讒，狐媚偏能惑主。踐元后於翬翟，陷吾君於聚麀。加以虺蜴爲心，豺狼成性，近狎邪僻，殘害忠良，殺姊屠兄，弒君鴆母。神人之所共嫉，天地之所不容。猶復包藏禍心，窺竊神器。君之愛子，幽之於別宮；賊之宗盟，委之以重任。嗚呼！霍子孟之不作，朱虛侯之已亡。燕啄皇孫，知漢祚之將盡；龍漦帝后，識夏庭之遽衰。

敬業皇唐舊臣，公侯冢子。奉先帝之成業，荷本朝之厚恩。宋微子之興悲，良有以也；袁君山之流涕，豈徒然哉！是用氣憤風雲，志安社稷。因天下之失望，順宇內之推心，爰舉義旗，以清妖孽。南連百越，北盡三河，鐵騎成群，玉軸相接。海陵紅粟，倉儲之積靡窮；江浦黃旗，匡復之功何遠。班聲動而北風起，劍氣沖而南斗平。喑嗚則山嶽崩頹，叱吒則風雲變色。以此制敵，何敵不摧；以此圖功，何功不克！

公等或居漢地，或叶周親，或膺重寄於話言，或受顧命於宣室。言猶在耳，忠豈忘心？一抔之土未乾，六尺之孤何託？倘能轉禍爲福，送往事居，共立勤王之勳，無廢大君之命，凡諸爵賞，同指山河。若其眷戀窮城，徘徊歧路，坐昧先幾之兆，必貽後至之誅。

請看今日之域中，竟是誰家之天下！

臺北市行天宮每逢端陽節便舉辦祭祀典禮，其時敬拜的偶像稱爲之「普濟妙章禪師」。這個名稱很有意思！「普濟」意指佛法無邊，援救眾生脫離苦海。「禪師」是佛教的出家眾。那麼「妙章」何指呢？看字面的意思是精彩的詩文。因此這尊神明是一位文學家囉！

其實祂就是唐朝的大詩人駱賓王。我們小時候背誦《唐詩三百首》，其中有一首非常可愛的詩〈詠鵝〉：「鵝、鵝、鵝，曲項向天歌。白毛浮綠水，紅掌撥清波。」據說這是駱賓王七歲時的作品。當時他被譽爲神童，是殆無疑義的。

長大後的駱賓王，雖也做過幾任官，但是不幸的是，他曾經被誣陷而下獄，當時他的心情一定很低沉很憂鬱很無助。於是他又寫了一首動物詩，〈詠蟬〉：「西陸蟬聲唱，南冠客思深。那堪玄鬢影，來對白頭吟。露重飛難進，風多響易沉。無人信高潔，誰爲表予心？」其中第三聯是名句。詩人藉由「露重」、「風多」來表達自己所處環境的險惡。

駱賓王寫〈詠蟬〉時的身受囹圄，其實只是整樁大事件的開端。因爲眞正險惡的風波還在後頭，而且正以排山倒海之勢壓迫而來！原來駱賓王四十四歲那一年，武則天正式稱帝登基了。不久之後，徐敬業站出來發出討伐之聲。駱賓王於是寫下了他這一生最著名的文章〈爲徐敬業討武曌檄〉。其實他很早就對武則天有意見。我們將時間往前推移到武后奪取皇位之前四年，當時駱賓王正擔任侍御史，那時他曾上書議論時政，卻因此得罪了武后。結果被以貪贓罪名羅織入獄。第二年出獄後，武則天又再度將他貶官，貶到當時的台州，今天的浙江臨海。這裡是瀕臨東海的邊陲地帶，駱賓王因此鬱鬱寡歡，最後掛冠而去，矢志推翻武則天。

其實武則天很欣賞〈討武曌檄〉。文中有：「入門見嫉，蛾眉不肯讓人；掩袖工讒，狐媚偏能惑主」之句，這不知道是在指罵武則天，還是在誇獎武則天？據說，武氏看得笑了。然而文中還有一句：「一抔之土未乾，六尺之孤何託？」卻又令武則天驚懼萬分，疾呼：「宰相安得失此人？」

儘管武則天有惜才之意，但徐敬業兵敗之後，駱賓王還是同他一起「消失」了。對於駱賓王最後的結局，後世傳聞甚夥。其實所謂的結局，亦不過是被處以極刑，或逃出升天兩種可能。有許多道教信徒相信被處以極刑的說法，並且以爲駱賓王被處死之時，已然兵解／尸解。

升天後的駱賓王，在道教，稱爲南宮駱恩師；在佛教，則是普濟妙章禪師。還有一個傳說，也是初唐有名的詩人宋之問，有一回途經江南，來到了著名的靈隱寺，夜晚遙望著皎潔的明月，宋之問隨口吟道：「鷲嶺鬱岧嶢，龍宮鎖寂寥」，然後就接不下去了。就在他反覆念誦這兩句詩，苦思下一句時，突然有個老和尚說話了：「樓觀滄海日，門對浙江潮？」如此氣勢磅礴的詩句，宋之問還眞想不出來！他又驚又喜，聽著老和尚緩緩地完成了這首詩：「桂子月中落，天香雲外飄。捫蘿登塔遠，刳木取泉遙。霜薄花更發，冰輕葉未凋。待入天台路，看余度石橋。」

這眞是個令人難忘的夜晚，宋之問宛如在夢中。第二天一早，謎底便揭曉了。根據寺僧所說：「昨晚宋之問遇見的那位老和尚，正是駱賓王。」原來當年徐敬業兵敗之後，駱賓王出逃，最終出家當和尚，才有了安全的棲身之所。

初唐四傑之一的駱賓王，抱持堅定的信念，並以之爲文，因而達到文章的高峰，成就了傳世之作。在動盪的年代裡，他活出了一種典型，並且在身後留下了很大的想像空間，供後人憑弔。

寸步千里，咫尺山河——盧照鄰

梅花落

盧照鄰

梅嶺花初發，天山雪未開。
雪處疑花滿，花邊似雪回。
因風入舞袖，雜粉向妝臺。
匈奴幾萬里，春至不知來。

我讀《三國演義》，看到一號人物盧植。他是東漢末年的名臣名將，是劉備和公孫瓚的老師，也是書中具有戲劇性的角色。當他攻打廣宗的黃巾賊首領張角時，旁人勸他向漢靈帝派來的宦官左豐行賄，但是他堅決不肯，於是左豐向靈帝進讒言：「原本進攻極爲容易，但是盧植卻裹足不前，延誤軍機。」於是劉備再次見到老師時，盧植已是在囚車裡與之相見。

當我於唐詩的瀚海中，再度讀到「初唐四傑」中盧照鄰的詩文時，他已經是盧植的第十六世孫了。其詩〈送二兄入蜀〉：「關山客子路，花柳帝王城。此中一分手，相顧憐無聲。」在這離別的無聲時刻，空氣凝結成一股濃郁得化不開的哀愁，詩人不寫淚眼盈眸，也不寫執手話別，偏偏透顯出那無聲的壓力，使人倍感沉重，倍覺傷痛。

盧照鄰還有一首〈梅花落〉：「梅嶺花初發，天山雪未開。雪處疑花滿，花邊似雪回。因風入舞袖，雜粉向妝臺。匈奴幾萬里，春至不知來。」在天寒地凍的北方，雪就是花，而花也同雪一般在風中飛舞，舞成了雪的姿態。在那邊白茫茫的大地上，沒有人能夠回答，春天還有多遠？唯有詩人，能描寫出那種連綿無止境的等候與期待。彷彿是盼望生命中的春天即時返來，因此寧願將隨風迴旋的細雪，幻想成落英繽紛的梅花舞。環境是那樣的嚴峻，而盧照鄰卻能夠充分地發揮「怨而不怒」、「哀而不傷」的文學傳統特質，不僅不怒不傷，盧照鄰將一切的情緒都化為生命中的美學，放眼所見，充耳所聞，盡是詩人愛美的情懷。

然而不幸的事情發生了！盧照鄰有個好朋友喬師望在益州擔任刺史。盧照鄰便入蜀地與之交遊。離去前，竟染上了痲風病！導致他身體失去感知能力，結果造成手腳反覆受傷，視力不斷衰退，肌肉痙攣萎縮，眼瞼無法閉合……。《新唐書》記載了他的情況：「疾甚，足攣，一手又廢。」在病痛的折磨中，盧照鄰生存的勇氣在數年內，幾乎消耗殆盡。他於最後一篇文章〈釋疾文〉裡自述：「余羸臥不起，行已十年，宛轉匡床，婆娑小室，未攀偃蹇桂，一臂連蜷；不學邯鄲步，兩足匍匐，寸步千里，咫尺山河。」這情況真令人無限憐憫！

寫完這篇文章，盧照鄰這名門之後，能詩善文的才子，便投水自盡了。

人性的深淵——唐詩殺人事件

代悲白頭翁

劉希夷

洛陽城東桃李花，飛來飛去落誰家？
洛陽女兒好顏色，坐見落花長嘆息。
今年花落顏色改，明年花開復誰在？
已見松柏摧爲薪，更聞桑田變成海。
古人無復洛城東，今人還對落花風。
年年歲歲花相似，歲歲年年人不同。
寄言全盛紅顏子，應憐半死白頭翁。
此翁白頭眞可憐，伊昔紅顏美少年。

公子王孫芳樹下，清歌妙舞落花前。
光祿池臺開錦繡，將軍樓閣畫神仙。
一朝臥病無相識，三春行樂在誰邊？
宛轉蛾眉能幾時？須臾鶴髮亂如絲。
但看古來歌舞地，唯有黃昏鳥雀悲。

「待到秋來九月八，我花開後百花殺。沖天香陣透長安，滿城盡帶黃金甲。」

這是唐朝末年鹽幫首領黃巢在科舉不第之後，所寫的〈菊花賦〉。雖然這首詩寫的是菊花，然而通篇透顯出騰騰的殺氣！事實證明，日後的黃巢之亂，造成了數百萬人死亡。因此這首詩堪稱唐詩中最具暴力傾向的篇章。

此外，李白也好寫「殺人詩」。〈俠客行〉：「十步殺一人，千里不留行。事了拂衣去，深藏身與名。」〈結客少年場行〉：「笑盡一杯酒，殺人都會中。」〈白馬篇〉：「殺人如剪草，劇孟同遊遨。」〈贈從兄襄陽少府皓〉：「託身白刃裡，殺人紅塵中！」

這些詩句寫得狂傲不羈，放任寄情。在某種意義上，其實與黃巢寫詩的心理背景相近，都是不滿社會與政治，想要用自己的力量，發出不平之鳴。只不過李白的詩應該是一種特殊的修辭，在誇飾的語境中發洩滿懷的義憤。

然而，女詩人是真的殺人了！北宋孫光憲在《北夢瑣言．卷九》中寫道：「唐女道魚玄機字蕙蘭，甚有才思。咸通中，爲李憶補闕執箕帚，後愛衰，下山隸咸宜觀爲女道士。有怨李公詩曰：『易求無價寶，難得有心郎。』又云：『蕙蘭銷歇歸春浦，楊柳東西伴客舟。』自是縱懷，乃娼婦也，竟以殺侍婢爲京兆尹溫璋殺之。」

至於她殺害婢女的全部過程，則記錄在晚唐皇甫枚的《三水小牘》中。原文如下：

魚玄機笞斃綠翹致戮

西京咸宜觀女道士魚玄機，字幼微，長安倡家女也。色既傾國，思乃入神。喜讀書屬文，尤致意於一吟一詠。破瓜之歲，志慕清虛。咸通初，遂從冠帔於咸宜，而風月賞玩之佳句，往往播於士林。然蕙蘭弱質，不能自持，復為豪俠所調，乃從遊處焉。於是風流之士爭修飾以求狎，或載酒詣之者，必鳴琴賦詩，間以謔浪，懵學輩自視缺然。其詩有「綺陌春望遠，瑤徽秋興多」，又「殷勤不得語，紅淚一雙流」，又「焚香登玉壇，端簡禮金闕」，又云：「多情自鬱爭因夢，仙貌長芳又勝花。」此數聯為絕矣。

一女僮曰綠翹，亦特明慧有色。忽一日，機為鄰院所邀，將行，誡翹曰：「無出。若有熟客，但云在某處。」機為女伴所留，迨暮方歸院，綠翹迎門曰：「適某客來，知錬師不在，不捨鑾而去矣。」客乃機素相暱者，意翹與之狎。及夜，張燈扃戶，乃命翹入臥內。訊之，翹曰：「自執巾盥數年，實自檢御，不令有似是之過，致忤尊意。且某客至，款扉，翹隔闔報云：『鍊師不在。』客無言，策馬而去，若云情愛，不蓄於胸襟有年矣，幸鍊師無疑。」

機愈怒，裸而笞百數，但言無之。既委頓，請杯水酹地曰：「鍊師欲求三清長生之道，而未能忘解佩薦枕之歡。反以沉猜，厚誣貞正，翹今必死於毒手矣。無天則無所訴；若有，誰能抑我彊魂？誓不蠢蠢於冥莫之中，縱爾淫佚！」言訖，絕於地。機恐，乃坎後庭瘞之，自謂人無知者。時咸通戊子春正月也。有問翹者，則曰：「春雨霽，逃矣。」

客有宴於機室者，因溲於後庭，當瘞上，見青蠅數十集於地，驅去復來。詳視之，如有血痕，且腥。客既出，竊語其僕。僕歸，復語其兄。其兄為府街卒，嘗求金於機，機不顧，卒深銜之。聞此，遽至觀門覘伺，見偶語者，乃訝不睹綠翹之出入。街卒復呼數卒，攜鍤共突入玄機院發之，而綠翹貌如生。卒遂錄玄機京兆府，吏詰之，辭伏，而朝士多為言者。府乃表列上，至秋，竟戮之。在獄中亦有詩曰：「易求無價寶，難得有心郎。明月照幽隙，清風開短襟。」此其美者也。

魚玄機與綠翹主僕二人相互猜忌與仇視，也許不只一兩天。當時女主人出門前交代：「若有相識的友人來訪，可以告訴他，我在鄰居家。」可是當魚玄機晚間返家時，聽到的卻是來訪者逕自離去了。魚玄機完全不相信綠翹，認爲她與這位男性友人私下暗通款曲。於是狠狠地鞭打她。在此過程中，綠翹的反應也很強勢，她指責魚玄機：「既然要進女道觀修行，卻還不忘男女之間的歡愛，並且對我橫加猜忌，今日眞要死在妳的手裡，除非沒有老天爺，否則我一定不會放過妳！」

魚玄機將綠翹活活打死！又把屍體埋在後院。但最終血水和臭味引發了人們的猜疑，再加上始終不見綠翹，於是這樁殺人案便曝光了。而魚玄機也以殺人償命，被處以極刑。

如果說皇甫枚的《三水小牘》嚴格說應該算是傳奇小說，在虛構的文本中，其眞實性還有待考察。那麼初唐時期的大詩人宋之問殺人，恐怕就是確鑿的事了。

中唐韋絢《賓客嘉話錄》：「劉希夷詩曰：『年年歲歲花相似，歲歲年年人不同。』其舅宋之問苦愛此兩句，知其未示人，懇乞，許而不與。之問怒，以土袋壓殺之。」

宋之問爲了奪取兩句詩，將自己的親外甥劉希夷活埋。如此惡行，令人髮指。

唐朝詩人殺人，有的爲了奪權，有的嫉惡如仇，男人爲了名，女人爲了情……。至於今人，何嘗沒有這些想望？讀唐詩，除了提升文學的造詣和素養，其實也能鑒往知來，在命運之海的浮沉中，我們還看見了人性不曾見底的黑暗深淵。

春夢長安——盧綸、吉中孚

同吉中孚夢桃源　盧綸

春雨夜不散，夢中山亦陰。
雲中碧潭水，路暗紅花林。
花水自深淺，無人知古今。
夜靜春夢長，夢逐仙山客。
園林滿芝朮，雞犬傍籬柵。
幾處花下人，看予笑頭白。

我說：「思念像是一場夢」，你不同意嗎？請回想過往，當你沉醉在思念的情緒中，想著一個人的感覺，是不是就像掉進了夢一般的情境裡，沉醉而無可自拔？事後回想起來，真不理解那段日子，怎會如此愚騃？想來思念之情亦是「跌落夢境」差可擬了。

從前，詩人岑參曾經寫過一首〈春夢〉：「洞房昨夜春風起，遙憶美人湘江水。枕上片時春夢中，行盡江南數千里。」這首詩從標題到內容都有「春夢」，然而整首詩所要表達的其實就是詩人非常地「思念一個人」。思念到了無可救藥的地步！只要一想起洞房之夜，枕上片刻的情景，便一時相思難耐，直欲使人藉夢魂飛奔數千里，跨越不能抵禦的時空屏障，再回到當初湘江水美的無限柔波裡。這段因爲春風而吹起的思念，已不只是遠距離的戀愛，它跨越的是千里之遙，又加上時間鴻溝的一段深情，而詩人的記憶始終鑲嵌著江南水鄉的旖旎之人。

但超時空的夢之戀，也不一定非得要是男人思念女人。詩人心心念念的也可能是男性摯友。也是在唐代，也是寫「春夢」，盧綸有〈同吉中孚夢桃源〉：「春雨夜不散，夢中山亦陰。雲中碧潭水，路暗紅花林。花水自深淺，無人知古今。夜靜春夢長，夢逐仙山客。園林滿芝朮，雞犬傍籬柵。幾處花下人，看予笑頭白。」

根據《新唐書》的記載，唐代宗大曆年間，文壇上有個十分出色的社團，名爲「大曆十才子」。他們是：李端、盧綸、吉中孚、韓翃、錢起、司空曙、苗發、崔峒、耿湋、夏侯審等人。這份聚合很特殊，因爲具有共同理念而能夠一起創作的詩人，通常不多，具有藝術性格的人也比較願意獨立創作，頂多與情意相投的文友唱和。要說一共十位詩人結盟成爲好朋友，彼此欣賞佩服，在講求詩歌格律與修辭的同時，也擅長白描，並且表現在寫人與寫景上。再者，他們對自我的要求與對他人的肯定，其先決條件是務求「意境」的烘托，並且在這麼多人熱絡聚集的氣氛中，講究沖淡雅致的韻味。這就是很難得的事了。

因此，大曆十才子在詩歌史上成為一股清流，帶給我們文人襟懷謙和淡泊與彼此之間惺惺相惜的美好印象。無怪乎清代文人管世銘說他們的詩：「雋不傷煉，巧不傷纖」，確是的論。我們在吟詠這些詩人的作品時，能夠感受到的是溫醇與文雅的氣息，就如同盧綸願與吉中孚分享心目中的桃花源，那些空氣中芬芳的春雨，碧綠的潭水與林間紅花引人步入小徑深處，眼裡有莊稼，耳畔響雞犬，潭水與花徑自有其深淺，而所有改換朝代、興亡更迭之事，皆不耳聞。就在這麼自然愜意的田園生活裡，笑著說著直到白頭……。

「這份浪漫，這個夢，我只願與你分享。」盧綸如是說。

春城無處不飛花——韓翃與許俊

章臺柳・寄柳氏

韓翃

版本三種：

章臺柳，章臺柳，顏色青青今在否？
縱使長條似舊垂，也應攀折他人手。

章臺柳，章臺柳，往日依依今在否？
縱使長條似舊垂，也應攀折他人手。

章臺柳，章臺柳，昔日青青今在否？
縱使長條似舊垂，也應攀折他人手。

唐天寶末，安史之亂蠭起，叛將以三十萬兵力攻打皇帝的都城。頓時間，長安城的貴婦仕女紛紛瘋狂奔逃，以求避禍。那四處離散的逃難者，當然還包括爲數眾多的文官士大夫。而古文僅以優美且精練的八個字來形容這樣的情況：「盜覆二京，士女奔駭。」在這些逃亡的美女群中，有一位柳氏，她不僅非常美麗，而且爲人隨和輕鬆又幽默，平時很喜歡說說笑笑。這樣一位活潑生動的佳麗，書上僅寫七個字，就讓我們產生了很大的想像空間：「豔絕一時，喜談謔。」

然而好景不常，戰爭以壓頂之勢，排山倒海突襲而來！柳氏立刻剪了頭髮，改變形象，躲進法靈寺出家。但不久之後，還是被胡人蕃將沙吒給找出來，強行奪回自己的府邸。「劫以歸第，寵之專房。」

而柳氏的丈夫就是當時著名的文人韓翃，韓翃是大曆十才子之一，安史之亂發生時，他正擔任侯希逸的幕僚，侯希逸是平盧節度使徐歸道的裨將，當時並未叛唐，但是平盧的治所遠在遼陽，而且平盧節度時正轉任淄青，因此韓翃根本鞭長莫及。但他還是寫了一封信尋找並詢問柳氏。那封信是一闋詞，男主人公試探性地問道：「章臺柳，章臺柳，昔日青青今在否？縱使長條似舊垂，也應攀折他人手。」他想知道現在的柳氏跟著別人過日子，是否快樂？

很快地，柳氏就回信了：「楊柳枝，芳菲節，所恨年年贈離別。一葉隨風忽報秋，縱使君來豈堪折？」

好不容易捱到戰爭結束，唐肅宗回到長安，韓翃也得以隨著軍隊歸來。有一天，他追蹤到了柳氏的轎車，但柳氏無奈自己飄零的命運，於是只願從車窗伸出手來遞一只玉珮給韓翃：「當遂永訣，願置誠念。」

韓翃心灰意冷，勉強回到營中參與聚會。當時淄青眾將領都在酒樓上慶功，大夥兒歡樂的氣氛與韓翃陰鬱的神情，形成強烈的對比！有個武官許俊，手握腰間跨刀，信誓旦旦要為韓翃出力。他讓韓翃拿筆寫幾個字，然後許俊便出門去了，臨走之前留下一句話：「我去去就來。」接下來的情節發生得相當迅速：

衣縵胡，佩雙鞬，從一騎，徑造沙吒利之第。候其出行里餘，乃被衽執轡，犯關排闥，急趨而呼曰：「將軍中惡，使召夫人。」僕侍辟易，無敢仰視。遂升堂，出翊（翊即韓翊）札示柳氏，挾之跨鞍馬。逸塵斷鞅，倏忽乃至，引裾而前曰：「幸不辱命。」四座驚嘆！

就這麼簡單！便將柳氏送回到韓翃身邊。許俊藝高人膽大！那韓翃也是個痴情種子，況且詩又寫得好，後來皇帝因為他的文筆太好，任命他為中書舍人，專門草擬聖旨和詔書。因為當時朝廷有兩位同名同姓的韓翃，於是皇帝特別標注：是寫「春城無處不飛花」的韓翃哦！想來皇帝也是他的詩迷兼粉絲了。

史書上常說某個時代四海昇平，文治武功，鼎盛一時。所謂「文治武功」的雙贏與強大，其實應該是表現在許許多多國人的身上。這樣才創造出一代盛世。因此我們在韓翃與許俊個人的品行與才能之中，其實不難窺見文學史所謂「盛唐氣象」的具體精神與精彩面貌。

只在蘆花淺水邊——詩人的桃花源

江村即事　司空曙

釣罷歸來不繫船，
江村月落正堪眠。
縱使一夜風吹去，
只在蘆花淺水邊。

如果說盧綸的「花水自深淺，無人知古今」，是他希望與吉中孚共尋桃花源，那麼司空曙在寫〈江村即事〉的當下，他已經在桃花源裡了。因爲所謂的「即事」，便是指眼前的事物，與當下的心境。那蘆花灘畔，淺水岸邊，司空曙在長達八年的戰爭歲月，動盪生涯之後，感受甚深！

中唐以降的詩人，早已放棄盛唐時期，強大的文治武功向外擴展，詩人唯求內心平靜，吃得下，睡得好，而且擁有安全感，這就是他的桃花源。

這麼說來，每個人都有屬於自己的桃花源：王維在左補闕任上買下了宋之問的故居藍田輞川別業。安史之亂爆發後，王維被迫成爲安祿山的朝官，因爲心裡極度不願意，於是避居輞川別墅，爲此遭到安祿山的拘禁，更淒涼的是，被囚禁在雒邑菩提寺時，他聽說雷海青的慘烈犧牲，之後他在憂思百轉之中，熬到安祿山兵敗。王維原本被定了罪，後來他的弟弟王縉請削己職以贖兄罪。晚年他就住在輞川，於亦官亦隱的優遊歲月裡，他終於看見了他的桃花源。

蘇東坡在烏臺受盡苦難後，好不容易於黃州城東的緩坡上，得到了一處棲身之所。他在荊棘瓦礫之間，領著全家老小整理出一片田園，「春食苗，夏食葉，秋食果，冬食根」，自食其力，怡然自得，「庶幾乎西河南陽之壽」。他在這裡終於得到喘息的空間，於是他也找到了屬於自己的桃花源。

李清照在與趙明誠的婚姻生活裡，在金石文物的包圍中，也看見了一座桃花源。「每獲一書，即同共勘校，整集籤題。得書、畫、彝、鼎，亦摩玩舒捲，指摘疵病，夜盡一燭爲率。故能紙札精緻，字畫完整，冠諸收書家。余性偶強記，每飯罷，坐歸來堂烹茶，指堆積書史，言某事在某書、某卷、第幾頁、第幾行，以中否角勝負，爲飲茶先後。中即舉杯大笑，至茶傾覆懷中，反不得飲而起。甘心老是鄉矣。」

就是這句話：「甘心老是鄉矣。」原來所謂的桃花源，不在地方，而是心境。

飛筆如神——李端

贈郭駙馬　李端

青春都尉最風流，二十功成便拜侯。
金距鬥雞過上苑，玉鞭騎馬出長楸。
熏香荀令偏憐少，傅粉何郎不解愁。
日暮吹簫楊柳陌，路人遙指鳳凰樓。
方塘似鏡草芊芊，初月如鉤未上弦。
新開金埒看調馬，舊賜銅山許鑄錢。
楊柳入樓吹玉笛，芙蓉出水妒花鈿。
今朝都尉如相顧，原脫長裾學少年。

古人對於詩歌的鑑賞標準之一是「捷才」。曹植七步成詩，永傳不朽；謝道韞具柳絮之資，詩思敏捷，修辭精妙，亦堪稱一絕！此外，我發現《舊唐書》裡還有一位創作又快又好的詩人，他叫李端。

《國史補》與〈李虞仲傳〉指出：唐代宗大曆年間有一位詩人李端，他與韓偺、錢起、盧綸等名家唱和不絕，傳爲美談，史稱「大曆十才子」。這些著名的才子平時很喜歡聚集的文學廳堂之一，是駙馬郭曖與昇平公主的宴會廳。郭曖是名將郭子儀的幼子，當時寵冠外戚，而昇平公主據史書記載：「賢明有才思，尤喜詩人。」因此每回詩人們聚集在其門下，公主便垂簾聆賞他們的詩作。若是聽見令人讚賞的佳作，立刻賜予詩人細緻優美的絹帛作爲喝采的禮物。

有一回，郭曖升官，邀請十才子前來同慶。他的標準正是：「詩先成者賞。」話一說完，李端立刻成句：「熏香荀令偏憐少，傅粉何郎不解愁。」其典故出自南朝陳徐陵的〈烏棲曲〉之一：「風流荀令好兒郎，偏能傅粉復熏香。」其中荀令指的是漢朝末年一位非常特別的人物荀彧。他不僅是一位著名的美男子，同時身上還散發著香氣。凡事他經過的地方，坐過的席位，都留下了濃郁的馨香，因此被人稱爲「留香荀令」。而昇平公主很欣賞李端以既美又香的荀彧來形容駙馬郭曖，因此立刻重賞絲帛。但是旁邊另有一位詩人錢起，卻質疑李端，他認爲這詩句一定是李端事先想好的，因此要求當場即興賦詩一首，就以錢起的姓氏爲韻腳。只見李端抓起紙來就寫：「方塘似鏡草芊芊，初月如鉤未上弦。新開金埒看調馬，舊賜銅山許鑄錢。」開頭兩句寫景，淡而有味。一處水塘如鏡子般澄澈，周邊是豐茂的水草，天上新月如鉤，矮牆內是馴養的馬匹，不遠處還有一座價值不斐的銅山。這一派溫柔富貴的景象，正好用來形容郭曖的人品與家世。郭曖當場激賞不已！「此愈工也。」而錢起等人，也從此佩服李端。

想來能夠即興成詩，而且格律工整，修辭不俗，又富有內涵的詩人，不僅一般人對他津津樂道，就是其他的詩人也要甘拜下風，並且奉之爲偶像了！

抓到一隻白老鼠！——陳子昂

登幽州臺歌　陳子昂

前不見古人，
後不見來者。
念天地之悠悠，
獨愴然而涕下。

每回讀到這首詩，我們就會想起陳子昂，這是他的名作〈登幽州臺歌〉。他的詩蒼涼清峻，絕不做詞藻的堆砌。因爲好詩在於語言質樸，而意境深沉高遠。陳子昂自己讀詩，對於齊梁時代過度華麗繁複的修辭，並不以爲然，因爲這些詩的內容並不深刻，而《詩經》以降所講求的風雅比興與寄託象徵等義，皆蕩然無存：「采麗競繁，而興寄都絕。」陳子昂是如此地感嘆，同時也顯現出他的詩歌美學與文學的標準。

我早年彈古琴，練習過〈平沙落雁〉。這首琴曲的作者，傳聞之一正是陳子昂。而《天聞閣琴譜》形容〈平沙落雁〉乃「取秋高氣爽、風靜沙平、雲程萬里、天際飛鳴，借鴻鵠之遠志，寫逸士之心胸。」這個景象與心胸的描述與陳子昂的詩風頗爲相近。

其實陳子昂的文筆眞的很好！雖然他不滿意詞藻的堆砌，但這些並不表示他沒有能力寫修辭華麗的詩文。他三十五歲那一年武則天的堂姪武攸宜討伐契丹，大軍開拔到今天的東北與蒙古，陳子昂便是部隊裡的記事參軍，掌管軍中一切文書。他有一篇特殊的文章〈奏白鼠表〉，原來是有一天軍隊行軍來到漁陽，大家突然看見一隻雪白的老鼠闖入營中，中道前軍總管王孝傑眼明手快，捕捉了這隻白鼠，關在籠子裡，陳子昂形容這隻白鼠：「身如白雪，目似黃金，頓首跧伏。帖若無氣。」而將士們個個好奇地看著這隻小白老鼠，越看越覺得是即將破敵的好徵兆！

陳子昂於是上奏武則天：臣聽聞老鼠是坑穴裡的妖精，鼠輩是胡人的象徵，牠們穿牆走壁，只爲竊盜。這種住在洞穴裡野生的凶賊之徒，通常是晝伏夜出。如今大白天出現，可見天意要滅亡契丹。

如今王孝傑抓了這隻白鼠，接著契丹部落有信來投，可以想見胡人首領眾叛親離的時刻，只在朝夕。我們努力訓練士兵，砥礪他們的勇氣，如今已將聖上的威名遠傳。今天「白鼠投營」，就是一個好兆頭！相信我們勝利在望，預告的徵兆一定會實現，此刻我們所有的官兵沒有不歡欣鼓舞，而在這個士氣大振的時刻，我們相信「執馘獻俘，期在不遠」。

僅僅一隻小白鼠闖入營帳中，軍中書記陳子昂便大張旗鼓地寫了一篇奏摺，說明勝利在望。也許陳子昂寫這篇奏表的目的，除了例行的報告軍中大小事物之外，更重要的是，藉此機會提振官兵們的士氣，進而取得最終的勝利。

詩好帶風吟——唐詩・武功體

武功縣中作三十首（一作武功縣閒居）

姚合

縣去帝城遠，爲官與隱齊。馬隨山鹿放，雞雜野禽棲。

繞舍唯藤架，侵階是藥畦。更師嵇叔夜，不擬作書題。

方拙天然性，爲官是事疏。唯尋向山路，不寄入城書。

因病多收藥，緣餐學釣魚。養身成好事，此外更空虛。

微官如馬足，只是在泥塵。到處貧隨我，終年老趁人。

簿書銷眼力，杯酒耗心神。早作歸休計，深居養此身。

簿書多不會，薄俸亦難銷。醉臥慵開眼，閒行懶繫腰。
移花兼蝶至，買石得雲饒。且自心中樂，從他笑寂寥。

曉鐘驚睡覺，事事便相關。小市柴薪貴，貧家砧杵閒。
讀書多旋忘，賒酒數空還。長羨劉伶輩，高眠出世間。

性疏常愛臥，親故笑悠悠。縱出多攜枕，因衙始裹頭。
上山方覺老，過寺暫忘愁。三考千餘日，低腰不擬休。

客至皆相笑，詩書滿臥床。愛閒求病假，因醉棄官方。
鬢髮寒唯短，衣衫瘦漸長。自嫌多檢束，不似舊來狂。

一日看除目，終年損道心。山宜衝雪上，詩好帶風吟。
野客嫌知印，家人笑買琴。只應隨分過，已是錯彌深。

鄰里皆相愛，門開數見過。秋涼送客遠，夜靜詠詩多。
就架題書目，尋欄記藥窠。到官無別事，種得滿庭莎。
窮達天應與，人間事莫論。微官長似客，遠縣豈勝村。
竟日多無食，連宵不閉門。齋心調筆硯，唯寫五千言。
縣僻仍牢落，遊人到便回。路當邊地去，村入郭門來。
酒戶愁偏長，詩情病不開。可曾銜小吏，恐謂踏青苔。
自下青山路，三年著綠衣。官卑食肉僭，才短事人非。
野客教長醉，高僧勸早歸。不知何計是，免與本心違。
月出方能起，庭前看種莎。吏來山鳥散，酒熟野人過。
岐路荒城少，煙霞遠岫多。同官數相引，下馬上西坡。

作吏荒城裡，窮愁欲不勝。病多唯識藥，年老漸親僧。
夢覺空堂月，詩成滿硯冰。故人多得路，寂寞不相稱。
誰念東山客，棲棲守印床。何年得事盡，終日逐人忙。
醉臥誰知叫，閒書不著行。人間長檢束，與此豈相當。
朝朝眉不展，多病怕逢迎。引水遠通澗，疊山高過城。
秋燈照樹色，寒雨落池聲。好是吟詩夜，披衣坐到明。
簿籍誰能問，風寒趁早眠。每旬常乞假，隔月探支錢。
還往嫌詩僻，親情怪酒顛。謀身須上計，終久是歸田。
閉門風雨裡，落葉與階齊。野客嫌杯小，山翁喜枕低。
聽琴知道性，尋藥得詩題。誰更能騎馬，閒行只杖藜。

腥膻都不食，稍稍覺神清。夜犬因風吠，鄰雞帶雨鳴。
守官常臥病，學道別稱名。小有洞中路，誰能引我行。
宦名渾不計，酒熟且開封。晴月銷燈色，寒天挫筆鋒。
驚禽時並起，閒客數相逢。舊國蕭條思，青山隔幾重。
假日多無事，誰知我獨忙。移山入縣宅，種竹上城墻。
驚蝶遺花蕊，遊蜂帶蜜香。唯愁明早出，端坐吏人旁。
門外青山路，因循自不歸。養生宜縣僻，説品喜官微。
淨愛山僧飯，閒披野客衣。誰憐幽谷鳥，不解入城飛。
一官無限日，愁悶欲何如。掃舍驚巢燕，尋方落壁魚。
從僧乞淨水，憑客報閒書。白髮誰能鑷，年來四十餘。

朝朝門不閉，長似在山時。賓客抽書讀，兒童斫竹騎。
久貧還易老，多病懶能醫。道友應相怪，休官日已遲。

戚戚常無思，循資格上官。閒人得事晚，常骨覓仙難。
醉臥疑身病，貧居覺道寬。新詩久不寫，自算少人看。

漫作容身計，今知拙有餘。青衫迎驛使，白髮憶山居。
道友憐蔬食，吏人嫌草書。須爲長久事，歸去自耕鋤。

主印三年坐，山居百事休。焚香開敕庫，踏月上城樓。
飲酒多成病，吟詩易長愁。殷勤問漁者，暫借手中鉤。

長憶青山下，深居遂性情。壘階溪石淨，燒竹灶煙輕。
點筆圖雲勢，彈琴學鳥聲。今朝知縣印，夢裡百憂生。

自知狂僻性，吏事固相疏。只是看山立，無嫌出縣居。
印朱沾墨硯，戶籍雜經書。月俸尋常請，無妨乏斗儲。

作吏無能事，爲文舊致功。詩標八病外，心落百憂中。
拜別登朝客，歸依煉藥翁。不知還往內，誰與此心同。

「縣去帝城遠，爲官與隱齊。馬隨山鹿放，雞雜野禽棲。」人生最快樂的事情莫過於在鄉村地方做官啊！這是中唐詩人姚合三十五歲那年寫下半官半隱的自況詩。我們作爲讀者，最幸福的時光，在與古人爲知音。東晉大詩人陶淵明說過：「望雲慚高鳥，臨水愧游魚。」我如今也遠紹姚合而心有所觸，嚮往著詩人所云：「方拙天然性，爲官是事疏。唯尋向山路，不寄入城書。」如果能夠回到唐朝，我希望見他一面，只爲照見自己的本心。就文學而言，作家的心在哪裡，詩文就在那裡。「繞舍唯藤架，侵階是藥畦。」姚合的生活與瓜藤、藥草園相伴，讀書論學則以嵇康爲師，他們反世俗以保全天性，注重養生和順應自然。這麼說來，姚合當然是很道家的，他說學習醫藥和自己釣魚，都是爲了生活，但也因此養成了好習慣。而除了生活，「此外更空虛」。我想他所謂的「空虛」，指的是「簿書銷眼力，杯酒耗心神。」因此他領悟到自己應該「早作歸休計，深居養此身。」唯有一切回到虛寂之境，我們才有餘裕調養生息。

關於如何順應自然而達到養身與養生，姚合也說得很清楚：「醉臥慵開眼，閒行懶繫腰。」其實我覺得他這慵與懶的姿態，仍然是嵇康與陶潛反世俗的再現。面對俗人俗事，姚合自然是懶得看，更不可能鄭重以對。那麼什麼事情才能夠引發他的熱情，讓他眞心擁抱呢？詩人云：「移花兼蝶至，買石得雲饒。且自心中樂，從他笑寂寥。」如此的孤寂，如此的快樂。

中國文學史上自姚合以降，在宋就是林逋，元代是黃公望，還有明代的李漁，也是既孤高又恬淡，且不慕名利之人。這些文學家們異代而同調，且自謂：「然吾志之所適，非室家也，非功名富貴也，只覺青山綠水與我情相宜。」

這一群以隱逸爲最終皈依的文人士大夫，是多麼熱愛自然！以至於「點筆圖雲勢，彈琴學鳥聲」，又是多麼灑脫不羈，甚至到了放浪形骸的地步：「讀書多旋忘，賒酒數空還。」提到酒，他們的偶像還包括了竹林七賢中縱酒放誕的劉伶，「長羨劉伶輩，高眠出世間。」

姚合的詩歌以夫子自道，展現出吏隱者心目中理想的生活。他在今天陝西武功縣擔任主簿時，寫下了〈武功縣中作三十首〉，將士大夫去留的問題做了一番自省。在找尋生命意義的過程裡，我們看到他對日常生活的鋪陳，在自然景物上的著墨，以及文人姿態之特寫，在在運用了非凡的律詩創作功力。晚唐人很欣賞姚合的詩歌內容與形式，而他曾任武功主簿，爲標榜他的詩歌風格，因此特稱之爲「武功體」。

頂峰中的頂峰——春江花月夜

春江花月夜

張若虛

春江潮水連海平，海上明月共潮生。
灩灩隨波千萬里，何處春江無月明！
江流宛轉繞芳甸，月照花林皆似霰。
空裡流霜不覺飛，汀上白沙看不見。
江天一色無纖塵，皎皎空中孤月輪。
江畔何人初見月？江月何年初照人？
人生代代無窮已，江月年年望相似。（望相似一作：只相似）
不知江月待何人，但見長江送流水。

白雲一片去悠悠，青楓浦上不勝愁。
誰家今夜扁舟子？何處相思明月樓？
可憐樓上月徘徊，應照離人妝鏡臺。
玉戶簾中卷不去，搗衣砧上拂還來。
此時相望不相聞，願逐月華流照君。
鴻雁長飛光不度，魚龍潛躍水成文。
昨夜閒潭夢落花，可憐春半不還家。
江水流春去欲盡，江潭落月復西斜。
斜月沉沉藏海霧，碣石瀟湘無限路。
不知乘月幾人歸，落月搖情滿江樹。（落月一作：落花）

自來我們評析一位詩人或作家的標準，首先在於作品量多，而且每有警句，時現佳篇，如此方能令人讚賞，稱頌不絕。唐朝詩人白居易一生的創作量，應有將近四千首，膾炙人口的經典詩也很多，包含：〈秦中吟〉十首，以及新樂府五十首，其中是令我們動容的有〈輕肥〉、〈賣炭翁〉、〈買花〉、〈杜陵叟〉等等，至於他的長篇敘事詩，更是我們耳熟能詳，能記憶也能背誦的名篇大作──〈長恨歌〉與〈琵琶行〉。世人往往以這樣的標準來評定白居易是不容忽略的大詩人。至於杜甫，一生也創作了不下三千首詩，當然也時時締造高峰。

然而這樣的標準，如今還要爲一個人破例了。是誰？僅以一首詩便打遍天下無敵手。原來是張若虛的〈春江花月夜〉。這首詩曾獲得詩人及評論家極高的讚譽。清代著名文學家毛先舒曾品評〈春江花月夜〉：「不著粉澤，自有腴姿，而纏綿醞藉，一意縈紆，調法出沒，令人不測，殆化工之筆哉！」他稱讚張若虛的修辭天然去雕飾，自有一份清新動人的韻味。轉韻之處，亦渾然天成，而詩歌的情思纏綿，整體展現出極高的筆調與造詣。到了清末學者王闓運綜論唐詩諸家時，亦曾指出：「張若虛〈春江花月夜〉用〈西洲〉格調，孤篇橫絕，竟爲大家。李賀、（李）商隱挹其鮮潤；宋詞、元詩盡其支流，宮體之巨瀾也。」有張若虛的〈春江花月夜〉，才有後世的李賀與李商隱。也才有宋詞、元詩。它是打破樂府舊題「清商曲詞．吳聲歌曲」每以愛情與思鄉爲主題，並且將寫作面向推往新高度的一股巨浪。

五四運動中的大詩人聞一多，不僅創作現代詩，同時對於古典文獻也著力甚深，舉凡《周易》、《詩經》、《莊子》、《楚辭》等古籍，均有深入研究。他評論〈春江花月夜〉：「詩中的詩，頂峰中的頂峰。」

「春江潮水連海平，海上明月共潮生。灩灩隨波千萬里，何處春江無月明？」

春天的能量豐沛得驚人！也唯有源源湧入的活力能夠帶動美的事物。海上的明月，是人間至美，極夢幻的化身，它美得不眞實，卻又給流淌在大地上最眞實的千里江水，披上一層瑩亮的透明衣裳。這些億萬璀璨的晶亮，無論閃爍在江河海湖，其背後乃僅是一個月亮。而這輪明月，卻有億萬化身。在每一個人蜿蜒崎嶇的人生道路上，一路相追隨，永不放棄。於是它成爲我們最初，也是最終唯一的知己。不爲照明遠路，只願給予心頭一盞明燈似的信念與信心。

然而歲月匆匆，白雲悠悠，皎月亙古當空，人事卻是代換更迭不休。而我們在世間最難承受的還是思念，唯願心上的一點燈火應和天上的明月，託它帶給遠方遊子，捎給他我們此刻內心深處充滿暖意與回憶的點點滴滴，不奢望他早歸，但至少平安。也不辜負此生一片的相思與無盡的夜裡徘徊。但最怕夢裡落花，隨水而逝，那分明是春天的遠行，將我的一切都帶走。屆時思念不再、美夢遠去，而青春已杳……。「斜月沉沉藏海霧，碣石瀟湘無限路。不知乘月幾人歸，落月搖情滿江樹。」

王昌齡在日本——重新梳理與詮釋

西宮春怨　王昌齡

西宮夜靜百花香，欲卷珠簾春恨長。
斜抱雲和深見月，朦朧樹色隱昭陽。

當代日本重要的唐詩專家芳村弘道曾經表示，他對於白居易的詩感同身受，尤其是在研究白居易下邽爲母喪守孝三年的那段時期，芳村教授也正遭受父親辭世的哀痛，因此特別能體會白居易的心情。我想這是每一位研究文學的學者最初始的學術動機。唯有內心與古人產生共鳴，才能進一步引發各種好奇心與問題意識，諸如：白居易的詩爲何對日本古典文學產生了巨大的影響？有了這些問題，接下來便可循序地進行各層面的探討與闡述。爲此芳村教授曾寫下著作《唐代的詩人研究》（《唐代の詩人と文獻研究》）一書。

然而事實上，早在攻讀博士學位時期，芳村弘道已經開始著手校勘王昌齡的詩作。當時以文獻學從事唐代文學研究的學者並不多。我們都可以想像，時隔久遠之後，唐詩眞正的面貌是什麼？如何才能還原詩人當初所使用的字句與修辭？這必須在各家版本比對的基礎上，同時具有深厚的文字學與聲韻學等學術根柢，才能正確的追尋並還原唐詩的原始面貌。

王昌齡與芳村弘道遙遙相距一千二百多年，爲了正確還原王昌齡的詩，芳村弘道進行了版本校勘的工作，並且隨著《王昌齡詩索引》一書的出爐，他從此走上版本學的學術道路。然而要掌握這門學問，最基本的功夫，還是需要廣博而大量的閱讀。芳村教授也正是在這個基礎點上，開展唐詩與版本學的連結。而這一切都是從研究王昌齡起步的。

除了日本學者之外，王昌齡的詩也曾深深吸引了日本畫家的重視。幕末到明治時代的浮世繪畫家月岡芳年，是擅長創作歷史與美人題材的繪師。他曾經針對王昌齡的〈西宮春怨〉一詩進行繪圖。詩云：「西宮夜靜百花香，欲卷珠簾春恨長。斜抱雲和深見月，朦朧樹色隱昭陽。」這是描寫一位後宮失寵的美人獨自抱著琴，無奈地望著窗外明月與朦朧的樹影。而她聚精會神的回眸姿態，讓我們明白了樹影背後隱隱約約顯現的昭陽殿，才是妃子凝眸的焦點與渴望的所在。

月岡芳年的畫作經常展現出生活中非常獨特的某個時刻，因此他的繪畫時常帶給我們精神上的衝擊。這是因爲日本藝術界有「物之極致爲美」的觀點和標準，而月岡芳年正是出自浮世繪大家歌川國芳的門下，所以他是「究極」藝術理念的代表人物。無論是以版本學的角度試圖重新還原王昌齡的創作，又或是以究極美學的觀念來重新詮釋王昌齡的詩歌，王昌齡在日本走過了十二個世紀，受到學界與藝術界的雙重青睞。今後當我們耳畔再度響起：「秦時明月漢時關，萬里長征人未還。但使龍城飛將在，不教胡馬度陰山。」、「青海長雲暗雪山，孤城遙望玉門關。黃沙百戰穿金甲，不破樓蘭終不還。」以及「閨中少婦不知愁，春日凝妝上翠樓。忽見陌頭楊柳色，悔教夫婿覓封侯。」等著名詩作時，我們還可以想像日本的學者以及藝術家們會從哪些不同的角度，重新賦予這些作品海外新生命。

名花詩歌兩相歡——聲律論與牡丹品種的培育

賞牡丹 劉禹錫

庭前芍藥妖無格，池上芙蕖淨少情。
唯有牡丹眞國色，花開時節動京城。

提起唐代，我們會想到世人盛愛牡丹。唐代文明的輝煌與牡丹雍容妍麗的美，可謂相互輝映。其實牡丹花的培育史，和唐詩格律的發展歷程，也很相仿。兩者都時興於魏晉南北朝。原來唐詩是新興格律長期發展以致水到渠成之後，所出現的近體詩。在句式上，可分爲絕句、律詩與排律三種。絕句每首四句，律詩每首八句。絕句與律詩又分爲五言與七言兩類。而無論是絕句或律詩，偶句需押韻，奇句不押韻，然則第一句可押可不押，而韻腳基本上是平聲韻，於是又牽涉到平仄問題。蓋「平」爲平聲，至於「仄」則包含了上、去、入三聲。唐人寫詩講究平仄交錯，使得詩的韻律在耳中聽來有音階高低、聲調起伏的旋律與節奏美感。至於排律的押韻和平仄的要求，與律詩相同。唐詩作爲近體詩，其格律的興起與發展漸趨完備，時間點集中在南北朝，尤其是永明時期。

《南史．陸厥傳》：「永明末盛爲文章，吳興沈約，陳郡謝朓，琅琊王融，以氣類相推轂；汝南周顒，善識聲韻。約等文皆用宮商，將平上去入四聲，以此制韻，不可增減，世呼爲永明體。」因爲在南北朝時期，詩人發現語言的形式與音樂性在很大程度上影響到詩文的美感，因此大家開始非常重視聲律的高下抑揚。這中間可能還因爲國人需要念誦佛經，於是對於聲韻的標注，也開始認眞研究。於是在齊武帝永明年間，沈約等人提出了詩歌創作的「四聲」、「八病」說。此後韻文創作由過往自由度較高的「古體詩」走向了格律嚴整的「近體詩」。

至於和唐詩相得益彰的牡丹，其培育史的記載，最早也見於魏晉南北朝時期。因爲野生的牡丹原本生長在黃河以及長江流域的山區，大約是在南北朝時期開始逐漸以人工培育來作爲觀賞性的花卉。明代李時珍在《本草綱目》曾指出：「牡」這個字的意思是說它可以進行無性繁殖。而「丹」字指的是花的紅顏色，包括：天外紅、飛來紅、醉顏紅、赫紅、雲紅等等。所以稱之爲牡丹。

經過了南北朝，到了唐代，牡丹的栽培技術便已趨近成熟，同時引進長安與洛陽，獲得上流社會高度的欣賞。柳宗元在《龍城錄》中提到有一位著名的花匠宋單父，因善種牡丹而受到唐玄宗的召見。唐代皇室成員之熱愛牡丹，於此可見一斑。而當時貴族欣賞牡丹的方式也很風雅，例如：插花用的剪刀、花瓶、瓷器等等都必須出自名家的精良工藝。養花的水必須很純淨，名流與行家在賞花的時候，如同今人舉辦品酒會一般，從視覺、嗅覺，甚至於進入到聽覺的層次來感受牡丹的氣質與情韻。同時也需要講究賞花的情境，例如：瓶花置放在高腳几架上，則必須搭配名人字畫來一同欣賞，並且佐以美酒，一旁還有樂曲的演奏，方能將人的情感與當下的情緒帶引出來，以便有靈感能夠賦詩。將名花與書畫、詩歌、美酒相結合，以創造生活的風雅情趣，成為唐人趨之若鶩的時尚。當時著名詩人劉禹錫的：「唯有牡丹眞國色，花開時節動京城。」以及王維所寫下的：「綠豔閒且靜，紅衣淺復深。花心愁欲斷，春色豈知心。」皆為唐詩與牡丹相應和的明證。此二者經過長時間的孕育與醞釀，終於在大唐達於巔峰，並且一拍即合，相得益彰。

至於白居易與徐凝兩位詩人都做了多首牡丹詩，卻是文人相親，而不相輕，那又是另外一段故事了。我們留待下回講述。

世人鬥花，文人競詩——白居易與徐凝的牡丹詩

買花／牡丹

白居易

帝城春欲暮，喧喧車馬度。
共道牡丹時，相隨買花去。
貴賤無常價，酬直看花數。
灼灼百朵紅，戔戔五束素。
上張幄幕庇，旁織巴籬護。
水灑復泥封，移來色如故。
家家習爲俗，人人迷不悟。
有一田舍翁，偶來買花處。
低頭獨長嘆，此嘆無人喻。

一叢深色花，十戶中人賦。

白居易寫過幾首牡丹詩，其實主要是藉由牡丹被過度炒作與追捧，來諷刺當時的社會習氣。他說：「家家習爲俗，人人迷不悟。有一田舍翁，偶來買花處。低頭獨長嘆，此嘆無人喻。一叢深色花，十戶中人賦。」事實上，在唐代貴族交際之前，確實有以牡丹花的品種及美豔來競賽的風氣。尤其是當時的貴族女性喜愛在春天遊園，其目的之一，也就是爲了讓人看見她髮髻上雍容華貴、璀璨豔麗的牡丹。以致於彼此互相攀比、競爭，稱之爲「鬥花」。爲此白居易批評道：「上張幄幕庇，旁織巴籬護。水灑復泥封，移來色如故。家家習爲俗，人人迷不悟。」

白居易在杭州爲官時，喜歡到開元寺賞花，有一天在寺院裡看見了徐凝的牡丹詩，一時間驚豔稱頌不已，力邀徐凝來同飲，當天兩人爲了牡丹詩，盡興大醉。這個故事記載於唐人范攄《雲溪友議》：「致仕尚書白舍人，初到錢塘，令訪牡丹花，獨開元寺僧慧澄，近於京師得此花栽，始植於庭，欄圍甚密，他亦未知有也。時春景方深，慧澄設油幕以覆其上。牡丹至此分而種之也。會稽徐凝自富春來，未識白公，先題詩曰：『此花南地知難種，慚愧僧閒用意栽。海燕解憐頻睥睨，胡蜂未識更徘徊。虛生芍藥徒勞妒，羞殺玫瑰不敢開。唯有數苞紅萼在，含芳只待舍人來。』」徐凝在還不識得白居易，也不知道白舍人就在開元寺的情況下，寫道：花的芬芳美麗是爲了等待白居易的到來。

白居易這趟眞是不虛此行，原本只說要尋牡丹，卻意外地訪到一位和自己一樣喜愛並且善寫牡丹的詩人。白、徐二人因牡丹而結緣，談笑筵宴，詩人惜詩人，正在歡洽時，另一位詩人張祜來了，他卻有意與徐凝一爭高下。而這場比賽最後由白居易判徐凝獲勝，張祜自愧弗如。這件事情，白居易的摯友元稹也參與了，他提供優勝者獎掖，徐凝的詩名因此大振。

眞可謂「一種愛花心各異」！世人捧出昂貴的金銀買花，然而詩人只愛振筆吟詠花之豔。

所謂才子——張祜

何滿子　張祜

故國三千里，深宮二十年。
一聲何滿子，雙淚落君前。

在文學的領域裡，我們常聽說某某人是「才子」或「才女」。但究竟一個人是否擁有才華，該如何評斷？晚唐詩人陸龜蒙在評論張祜時，曾經有所定義。我們今天就以這位中唐詩人爲例，來看看誰堪稱才子？又才子的境遇到底是如何？

陸龜蒙說：「善題目佳境，言不可刊置別處，此爲才子之最也。」就優秀的詩人而言，生活中俯拾即是寫作的好題材，而且他們能夠將情境烘托得富有感染力，所運用的詞彙也非常精準適當，再不能修改或移到別的地方落墨。

子。

據陸龜蒙觀察張祜的詩，主題、語言、意境無一不具備不可取代的價值，因此是才子中的才子。

然而才子的命運又會是如何呢？答案是「舉薦不捷」。其實欣賞他的人並不是沒有，《唐摭言》記載：「張祜，元和、長慶中深為令狐文公所知。公鎮天平日，自草薦表，令以新舊詩三百篇隨表進獻。」我們可以說，唐朝的詩人很幸福，他們要尋求做官的機會，大約就是如上所述，朝中有人推薦，然後晉獻自己的詩篇。我們可以想見皇帝要看的也就是才子的才華好到什麼程度，這就是他們做官的依準。但是為什麼張祜沒有成功呢？《全唐詩話》回答了這個問題：「張祜雕蟲小巧，壯夫不為。若獎掖太過，恐變陛下風教。」詩歌對社會風氣的影響在當時是很受重視的一向指標，張祜擅長寫宮詞，例如：「故國三千里，深宮二十年。一聲何滿子，雙淚落君前。」古代宮廷中的女子，如果不受寵愛和青睞，那眞是非常可憐，而且生活可能會變得度日如年。詩中這位女子竟然在備受冷遇的情況下，居深宮達二十年！這日子怎麼捱過的，一般人難以想像。平時可能已經習慣了，然而一旦觸動了她的情緒，恐怕隨時面臨崩潰的處境。因為聽不得〈何滿子〉，於是她的眼淚潰堤。

關於「何滿子」，據說是唐玄宗時期的一位歌藝很好的女伶，可是不幸得罪了皇帝。就在即將被處以極刑之際，她唱了一首歌，天地為之動情而變色。皇帝惜才，便將她留下來。

這個故事背後還有一個故事。原來唐武宗時期有位孟才人，她為皇帝殉情，臨終前唱了〈何滿子〉，隨著歌曲結束，孟才人便香消玉殞了。這蕩氣迴腸的故事，讓張祜筆下的白髮宮女情何以堪？又會讓滿腹才華卻不受賞識的詩人多麼難堪！

然而才子自是才子，能夠善用他人的處境來暗喻自己的心聲。也許張祜在詩壇上受到排擠，在君王那裡也不招待見。但是他對宮女處境的感同身受，及其凝鍊精闢的用字遣詞，千百年已降，仍然獲得了世人的肯定。

又見世紀末華麗——我看李商隱

哭遂州蕭侍郎二十四韻（蕭浣） 李商隱

……公先眞帝子，我係本王孫。嘯傲張高蓋，從容接短轅。秋吟小山桂，春醉後堂萱。自嘆離通籍，何嘗忘叫閽。

秦朝末年，朝綱大壞。有東園公、夏黃公、綺里季、用里等四位八十多歲白眉老人，學問淵博，既掌教育，且通古今，卻眼見暴政殘虐百姓，因此選擇隱居商山，岩居穴處，以紫芝療飢。他們過著清貧卻安樂的生活，還唱著歌呢：「莫莫高山，深谷逶迤。曄曄紫芝，可以療飢。唐虞世遠，吾將何歸？駟馬高蓋，其憂甚大。富貴之畏人兮，不如貧賤之肆志。」商山四皓不慕榮華，志向遠大，即使後來漢朝立國，他們也不肯依附，不願接受徵召。如此淡泊，如此清高，如此隱居在商山的高士，引得一千年後的大詩人以此事爲名，他叫做「李商隱」。又因名與字須有所關聯，而商山隱者乃是高義如山之人，因此李商隱，字義山。

名字源自商山四皓，然而李商隱一生做過的官，卻有：祕書省校書郎、弘農縣尉、太學博士，以及鹽鐵推官等。其位階大概都在六品之上。雖然官做得不大，卻因爲姓李，在我所看到的史料中，他也不斷地強調自己有皇室的血統。例如他在〈哭遂州蕭侍郎二十四韻（蕭浣）〉一詩中指出：「公先貞帝子，我係本王孫。嘯傲張高蓋，從容接短轅。秋吟小山桂，春醉後堂萱。自嘆離通籍，何嘗忘叫閽。」

李商隱的攀附還不只一端。在學習寫作方面，李商隱刻意寫作駢體文，大量地練習也是爲了干謁。唐代雖然有古文運動，然而一篇好的文章，不可能不講究詞藻。因此在韓愈、柳宗元的提倡之下，古文的大旗背後其實雕滿了鍛鍊字句與格律的駢偶之句。這類文體其實隨時潛伏著，在士子們的心目中也一直占有很高的地位，因此所謂駢文，實際上是隨時伺機而動，企圖一舉推倒古文，重新立足於文壇。晚唐的風氣如此，恐怕韓愈、柳宗元當初始料未及，正是「成也蕭何，敗也蕭何」。

隨著古文運動在晚唐走向末路，駢文的勢力再度復甦。柳宗元曾經寫一篇駢文〈乞巧文〉來罵駢文。然而「駢四儷六，錦心繡口」的特殊體裁已經占領了詩人的心，誰要是寫得好，平步青雲的希望就很大。李商隱便是在這樣的時代背景下，著力於追求駢體文。因爲這種文體在晚唐被稱爲「四六」，因此李商隱的文集就叫做《樊南四六甲乙集》。而指導他寫作這類文體的恩師是令狐楚。並且能夠教他寫作這類文體的老師，在某種意義上就是提拔他進入仕途的恩師。因此李商隱有〈謝書〉云：「微意何曾有一毫，空攜筆硯奉龍韜。自蒙半夜傳衣後，不羨王祥有佩刀。」寫這首詩的時候，李商隱滿懷感激之情，同時對自己也很有信心。我們讀過很多李商隱的詩，唯獨這類題材較少被人重視。

李商隱一生並未隱居商山，而是不斷地在宦海與情海中浮沉。世人都知道李商隱不負愛情；而我獨見詩人迴避了他的大名。

盛名所累——杜甫的死亡書寫

蜀相　杜甫

丞相祠堂何處尋，錦官城外柏森森。
映階碧草自春色，隔葉黃鸝空好音。
三顧頻煩天下計，兩朝開濟老臣心。
出師未捷身先死，長使英雄淚滿襟。

杜甫於西元七六〇年，唐肅宗上元元年，來到了四川成都浣花溪畔，那時正好是春天，他打算長留此地。大約是在這個時間點上，杜甫寫下了這首〈蜀相〉。

誠然歷史上只有一個諸葛亮，過了那個時代，再也出不了第二個。不過人們也還是相信，無論在什麼時代，精神常在。杜甫憑弔諸葛亮，就是因爲敬佩他爲人的價值、毅力和精神。不過杜甫可愛的地方還在於，即使在這麼嚴肅的心境下，他仍然可以偷出空來，在柏樹林間聽見啁啾鳥語，感受到自然界芬芳的氣息。而對於諸葛亮的死，他也還是有話要說：這是平生抱負隨著生命的終結而戛然停止，理想成為泡影，再也無由實踐，凡有志者都該為此同聲一哭。世人都欣賞孔明神機妙算之「智」；唯有杜甫著眼在一個「死」字，為他忠君憂國、苦心孤詣的人生意義定調。而此番定調，其實也是杜甫自我心態的投射，以及對自己終身的期許。

那麼杜甫本人的死亡事件呢？目前看來，大家對這個問題討論得很有興趣！整理歸納之後，發現他的死因不太單純，總共有五種說法：

第一種說法認為杜甫是因病去世。他走的時候，在我們熱愛文學的人眼中彷彿看見一顆巨大的流星飛逝。但是真實的情況恐怕是沒有人理解他的痛苦和病情，他在默默獨自承受孤獨與病痛折磨的狀態下，自己一個人走完了最後的人生階段。其次，也有人指出，杜甫是落水而死，只因當時水位突然升高。但我想「沉水說」的出現可能是要將他的形象比附屈原和李白。他們三位堪稱是中國文學史上最重要的三大詩人，死亡論述與形構在這裡將他們三人綰合在一起，也有它一定的形塑力量與意義。

至於第四種死亡書寫，就比較務實，而非做文學性的補充與賦彩。這種說法指涉杜甫死於食物中毒。而且所謂不潔的食物便是酒與牛肉，在天氣暑熱的情況下，食物容易敗壞，因此不幸的，杜甫遭到了波及，竟然不假天年。然而這一項說法，將杜甫形容成一個暴飲暴食的人，其實對他形象的傷害頗大。因此有了第五種說法，原來杜甫已經連續餓了將近十天，縣令派人緊急送食物來給他。沒想到餓久了以後，突然吃了大量食物，使他頓感不適，竟然因此撒手人寰。

有了這樣的補充，似乎描補了一下杜甫幾乎毀損的形象。只不過除了死亡的原因具有多重樣貌之外，他還有八處墓葬，分別在：湖南平江與耒陽、湖北襄陽、河南洛陽與杜甫的出生地鞏義、陝西鄜州、華州，以及四川成都。

一個人有五種死法和八處墓園，我們只能說杜甫爲盛名所累，以至於後人不斷地疊加有關他的資訊。如今我只想記得他的詩：「出師未捷身先死，長使英雄淚滿襟。」杜甫地下有知，也許希望後代詩人也像他崇敬諸葛亮一般，好好地爲他的死亡塑造意義，記得他的精神，繼承他的價值，而非捕風捉影地製造各種匪夷所思的可能性。

李白狂想——另一種遊仙體

古風·其十九

李白

西上蓮花山，迢迢見明星。
素手把芙蓉，虛步躡太清。
霓裳曳廣帶，飄拂升天行。
邀我登雲臺，高揖衛叔卿。
恍恍與之去，駕鴻凌紫冥。
俯視洛陽川，茫茫走胡兵。
流血塗野草，豺狼盡冠纓。

我們常聽說在精神分析領域有個專有名詞稱為「雙重人格」或者「多重人格」。這是指一個人在精神上經常感覺到某種分離的現象，或是在一般狀態與另類行爲心態之間做突然的轉變，無論是在想法、情緒、自我身分及角色的認同等各方面。雖然在這種情況下會使人感到一陣錯愕，或是一片茫然，然而我倒是以爲我們每個人其實多多少少都有點雙重／多重人格的現象。也許在精神分析上會是一個癥結，然而如果就文學的角度來看，這倒是很容易解釋某些詩人或作家，他們行文與鋪敘過程中，出現跳躍式的，或者反差甚大，抑或是近來人們常說的「斜槓式」發展。我們可以舉李白的〈古風．其十九〉來一起欣賞詩人多維度的觀點：

「西上蓮花山，迢迢見明星。素手把芙蓉，虛步躡太清。霓裳曳廣帶，飄拂升天行。邀我登雲臺，高揖衛叔卿。恍恍與之去，駕鴻凌紫冥。俯視洛陽川，茫茫走胡兵。流血塗野草，豺狼盡冠纓。」

原來在華山有一座蓮花峰，李白想像那是仙女的住所。祂手持芙蓉，體態婀娜，緩緩而優雅地凌空飛越。祂身上飄逸的霓裳，如同彩雲一般冉冉升空。祂邀約詩人一同遨遊。詩人既恍惚又迷惘，只能隨著祂乘鴻雁飛到令人嚮往布滿紫氣的天庭。

可是就在這時候，詩人不經意地瞥見下界，他看到人間大地到處都是兵禍所造成的屍骨遍野。那一個個無道的叛亂分子，如今都做了大官。

很顯然李白原來寫的是一首遊仙體，從蓮花峰聯想到仙女手持的芙蓉。然後情節進入到與曹植〈洛神賦〉相似的景況，仙女邀請詩人同遊。那詩人原本可以就此放下一切世俗，御風而成仙，卻仍在最關鍵的時刻，低下了頭，看見此時洛陽大地一片塗炭，滿目瘡痍。詩人怎能視而不見？怎能獨善其身？怎能只顧遊仙？

無論李白寫這首詩是否有意暗諷安祿山，他都已經清楚地表明了自己平時所追求和喜愛的浪漫情懷，在板蕩臨危之間，都要選擇以天下爲己任。這才顯現出士大夫文人擺盪在儒道之間的去留與抉擇，其最終都需是經得起考驗的。

過往談論這首詩的創作背景時，有些論者指出是天寶十五載，李白在洛陽親眼見到戰爭的慘況，於是西上華山。亦有說法，當時他正在廬山。無論如何，這首詩的寫法很奇妙，李白先描繪出一個山在虛無縹緲間的仙女居所，然後在霎那間轉眼回眸人世，用以對照烘托出如同煉獄一般的世間亂象。其間所飽含的譴責、諷刺與憂思，已不言而喻，更何況詩歌前後大幅度的急轉彎與鮮明的對比都再次展現李白自由揮灑、不拘格套的跳躍式寫作與思維。

在文學世界裡，不妨運用多重視角、多重觀點、多重思維，甚至於多重人格，說不定能夠像李白一樣帶出詩文的戲劇張力，及引人注目的藝術表現實力。

西北大視野——向詩壇的無名英雄致敬

閨情二首

千迴萬轉夢難成，萬遍千迴夢裡驚。
總爲相思悲不寐，縱然愁寢忽天明。

百度看星月，千迴望五更。
自知無夜分，乞願早天明。

敦煌，絲路上的咽喉。是中華文化與東傳佛教，乳與水彼此互相吸收融合的交會點。莫高窟的創建，成就了敦煌文化，此間匯聚了宗教、藝術、種族、法律、醫藥、詩歌，以及河西地區西涼文化的總體歷史發展。《敦煌遺書》記載：「（莫高窟）右在州東南廿五里三危山上。秦建元中，有沙門樂僔，杖錫西遊至此，遙禮其山，見金光如千佛之狀，遂架空鐫岩，大造龕像。次有法良禪師東來，多諸神異，復於僔師龕側又造一龕。伽藍之建，肇於二僧……時咸通六年正月十五日記。」

樂僔西遊，法良東來，都說明了莫高窟的興始，源於中原，其後與當地的月氏、烏孫和匈奴等各族，長時間你來我往，既戰且和。誰是手下敗將？端看大將軍霍去病的攻伐策略；誰和誰是敵人？誰又能與誰合作？便要問張騫出使的成果。在這多元文化交融薈萃的絲路要衝，許多國家和不同種族的文明精華相互激盪與碰撞。我們已經可以想像，一旦敦煌史料在將近千年後重見天日，關於唐詩這個部分，能帶給世人怎樣開闊的視野與全新的觀感。

西元一九〇〇年，敦煌藏經洞裡的大量文獻暨古文物再現。其文字的部分便有：漢文、藏文、回鶻文、粟特文、梵文、于闐文、吐火羅文等等數萬件，而自敦煌史料出土，唐詩的篇幅與數量也隨之劇增，而且其中不乏情韻幽深、愁思婉轉的情詩。例如：詩卷中的〈晚秋〉七首，即以詩人在寫作中呼喚妻子的聲聲血淚，爲當代讀者開啓一段千年前的傷心扉頁。雖然我們無從得知詩人的妻子是否曾讀過這些相思的詩篇，然而這一段心事，就像孤石般堅立於塞外，經歷了十二個世紀的狂沙風雨，卻依然發出濃烈的渴望。儘管唱情歌的女人已化作灰燼。這組詩的作者是被羈留在番營裡，寒來暑往，已近一年的戰俘：「縲紲戎庭恨有餘，不知君意復何如。一介恥無蘇子節，數回羞寄李陵書。」被囚禁的期間，心裡時有餘恨，不知道妻子將如何看待自己。堂堂漢子，若無蘇武不屈的節操，可恥！幾次想寄回家書，卻害怕妻子把自己看成是投降的李陵。「春來漸覺沒心情，愁見豺狼夜叫聲。」、「君但遠聽腸應斷，困僕羈縲在此城。」鄉園阻隔在萬重山外，即使臨近春天，有何心情迎接？在愁恨中聽春夜豺狼可驚地咆哮，鑽心刺耳！此後詩情陡轉激切：「日月千迴數，君名萬遍呼。睡時應入夢，知我斷腸無。」日升月落，詩人在內心呼喚妻子的名字千萬遍。親愛的人，應該有所感應！深夜若情人入夢來，就會知道作者已肝腸寸斷。「白日歡情少，黃昏愁轉多。不知君意裡，還解憶人麼？」白天自無歡意，到了黃昏，愁情轉趨熾熱。只不知對方心裡是否也一直惦念著自己？這位被囚禁的詩人，有〈閨情〉二首，揣摩妻子無依無靠的心情與生活：「千迴萬轉夢難成，萬遍千迴夢裡驚。總爲相思悲不寐，縱然愁寢忽天明。」夜夜輾轉反側，千迴萬轉，不是難以入夢，就是夢被驚醒。爲相思睡不著，耿耿不眠，千百回望星月起落，苦候五更天明。他不但沒有福分享有夜的美麗，更是個乞憐曙色早現的可憐人：「百度看星月，千迴望五更。自知無夜分，乞願早天明。」敦煌卷帙中，曾有如此幽怨萬分的情詩，字字血淚地訴說身在番軍營中被拘繫的苦況。使我們對於唐代的邊塞詩情興發更深的體會。

爛醉是生涯
——看白居易、孟浩然、李商隱、杜甫如何守歲？

杜位宅守歲　杜甫

守歲阿戎家，椒盤已頌花。
盍簪喧櫪馬，列炬散林鴉。
四十明朝過，飛騰暮景斜。
誰能更拘束，爛醉是生涯。

歲末年終，好容易又來到守歲之夜，我感覺人到中年以後，對於各種節氣與節日，依然滿懷期待，興奮喜悅之情，一如孩提時。然而一千多年前，唐朝的大詩人們，可不一定都是這麼天真的。白居易有一回在柳家莊守歲，因爲是客中，於是分外想念家鄉，思念親人。我們都同意一句老話：金窩銀窩，都沒有自家的狗窩好。英文也有一句俗諺：East or west,home is the best. 白居易也這麼認爲，他想著如果此時能回到家，就算家裡的條件沒有外面好，也是甘之如飴的。因此他說：「始知爲客苦，不及在家貧。」如此直白的陳述，不需要特別轉譯與思考，即令讀者與他產生共鳴。眞不愧是新樂府的倡導人。

過年，對孩子們來說是長大了一歲；然而對於成年人來說，卻是又老了一歲。因此白居易又出現了一句令我們心有戚戚焉的話：「畏老偏驚節，防愁預惡春。」時光荏苒，我們的年華漸漸老去，當我們驚覺一年一年過得好快！尤其是歲月如梭迅速又來到除夕夜，那些還沒做好心理準備的大人們就會感到心驚。因此，白居易感覺到人到了一定的年紀，其實是很害怕過節的。

寫實主義的詩人是如此，田園詩派的詩人可就開心多了！有一年除夕夜，孟浩然遠在外地，竟然遇見了昔年的通家之好！

「雲海泛甌閩，風潮泊島濱。何知歲除夜，得見故鄉親。余是乘槎客，君爲失路人。平生復能幾，一別十餘春。」這首〈歲除夜會樂城張少府宅〉，說明了孟、張兩家關係很好，親密無間。在除夕夜，他們一起守歲。那天的氣氛很熱絡！當歌女唱起了大家都很熟悉的曲子「梅花」時，眾人喝起新蒸的美酒，一時間，推杯換盞，又行酒令。孟浩然卻突然很感嘆，這幾年來四處漂泊，竟然會與這麼好的朋友一別就是十多年！

其實除夕之夜的習俗是一家人團圓圍坐，飲酒笑樂，乃至通霄不眠。孟浩然能夠與張少府一起如同家人般地守歲，可知他們二人的關係眞是再好不過了！只是即使連這麼好的朋友，也可能一晃眼十幾年的光陰就從他們中間消失了。難怪詩人既開懷飲酒歌唱，又不無情緒上的感傷。

看過了田園詩人孟浩然，我們再來看看愛情詩的高手李商隱。眾所周知，他的詩常常流露出眷戀的深情而不顯得輕薄，詞藻清麗且善於描寫銳敏幽微的心思，比起前兩位詩人，他更屬於心靈派的作家。讀他的詩，我們可以感受到一個人內心深處的自白。我們來看他的〈隋宮守歲〉：「消息東郊木帝回，宮中行樂有新梅。沉香甲煎爲庭燎，玉液瓊蘇作壽杯。遙望露盤疑是月，遠聞鼉鼓欲驚雷。昭陽第一傾城客，不踏金蓮不肯來。」

大地春回時，宮廷中的宴會有新梅、沉香、瓊漿玉液，承接露水的盤子似天上的明月，宴會上的擊鼓聲，猶如春天的輕雷。還有那位傾國傾城的美人，到現在還遲遲不肯來……。

這麼寫就對了！君不見〈無題〉詩云：「隔座送鉤春酒暖，分曹射覆蠟燈紅。」而且他總是感嘆：「相見時難別亦難，東風無力百花殘。」所以〈隋宮守歲〉這麼寫，才眞是李商隱的宴會，李商隱的愛情，還有李商隱的除夕夜。

除夕夜怎麼守歲？老杜的境界是至高。他的詩〈杜位宅守歲〉，寫自己四十歲即將結束的那一年，在親戚家守歲，他們喝著花椒酒，歡騰非常！連馬兒在馬廄裡都感到不安而喧鬧。整排的火把烈焰燃燒，驚嚇了樹林間的烏鴉。過了今晚，杜甫就結束四十歲，正式越過壯盛之年。人生過了一半，剩下的一半也將逐漸步入生命中的夕陽餘暉。

無論如何，剩下的人生，不想再受到拘束了。「四十明朝過，飛騰暮景斜。誰能更拘束，爛醉是生涯。」人生下半場，老杜要還給自己一份自由，那就盡情地喝吧！

在一年將近的除夕夜裡，詩人們有的心驚；有的百感交集，飲酒的飲酒，等美人的還要繼續等美人，他們已經各訴衷腸。在這樣的守歲之夜，你如何以自己的生命歷程來與一年的最後一天對話？

跋 誰的思念，寫成了秋——也算集唐

朱嘉雯

每當「夜雨做成秋」，窗外雨簾瀟瀟，許多往事便重新來過，回憶恰上心頭。近來又喜歡在寂靜的夜裡，鋪上羅紋宣，取一管老羊毫，以洋紅、胭脂、藤黃、石青調色，小寫秋意。畫中或有垂掛枝頭的紅旆與漫天亂飛的黃葉，意欲在秋日即景之中，寄託情懷。

秋天所興發的惆悵，與春不同。王維有詩：「紅豆生南國，春來發幾枝。」然而面對這隨著春天興起的相思症候，李商隱卻說：「春心莫共花爭發，一寸相思一寸灰。」春天讓我們萌發了愛戀，那時的情緒是如此地熱烈，不曾想烈火也會有冷熄的一天。想當初「賈氏窺簾韓掾少，宓妃留枕魏王才」，多少輕狂的踰矩和越軌，都在青春正茂的時節裡發生。那些文學故事樁樁件件都是人生，也都在詩人生命中的春天裡吶喊起來。白居易說：「我有所念人，無日不瞻望。」那時只覺得生活中的日日夜夜，僅剩下無盡的愛與思念。

但是秋天，不同於春，歡快的愛戀與道不盡的相思之後，其實什麼也不會留下。接著我們又走了好長的一段路，直到秋風起兮，整個人才頓時陷入回憶的漩渦裡。只嘆愛的結局總是支離破碎，卻又讓我們記憶深深。因爲當年「密意未曾休，密願難酬」，如今「珠簾四卷月當樓」，追憶年華，數一數似水的光陰，也曾感傷無疾亦無終的昔日春之愛樂戀曲，無論時隔多少年，在人生的秋光中回首，都成夢境，納蘭性德就是這樣耽溺在夢裡：「暗憶歡期眞似夢，夢也須留。」

生命裡的秋天，往事如夢，能留就留；那些已經流逝的過往，一併任它如煙。李白曾經嘆息：「早知如此絆人心，何如當初莫相識。」所幸我們還有牽掛，掛念著這一生誓言不分離的人。現在我很喜歡「碧澗流紅葉，青林點白雲」這樣的詩句，彷彿滿眼寧謐是秋山。而杜甫有詩：「夕烽來不近，每日報平安。」岑參也說：「馬上相逢無紙筆，憑君傳語報平安。」當年如李白所云：「落葉聚還散，寒鴉棲復驚」，情思驚慌慌，心緒紛紛的年代，早已遠去。到如今，到如今……

最深情的人，總不忘給至親傳達一句最平淡的話：我很平安。

國家圖書館出版品預行編目資料

【朱嘉雯療心國學經典】有一種唐詩叫滄美的思念／朱嘉雯著. －－初版. －－臺北市：五南圖書出版股份有限公司, 2024.07
面； 公分
ISBN 978-626-393-501-3（平裝）

831.4　　113009288

朱嘉雯療心國學經典

1XNY

有一種唐詩叫滄美的思念

作　　者 — 朱嘉雯（34.6）
企劃主編 — 黃文瓊
責任編輯 — 吳雨潔
文字校對 — 簡彥妗、盧文心
封面設計 — 封怡彤
出 版 者 — 五南圖書出版股份有限公司
發 行 人 — 楊榮川
總 經 理 — 楊士清
總 編 輯 — 楊秀麗
地　　址：106臺北市大安區和平東路二段339號4樓
電　　話：(02)2705-5066　傳　　真：(02)2706-6100
網　　址：https://www.wunan.com.tw
電子郵件：wunan@wunan.com.tw
劃撥帳號：01068953
戶　　名：五南圖書出版股份有限公司

法律顧問　林勝安律師

出版日期　2024年7月初版一刷
定　　價　新臺幣380元

經典永恆·名著常在

五十週年的獻禮——經典名著文庫

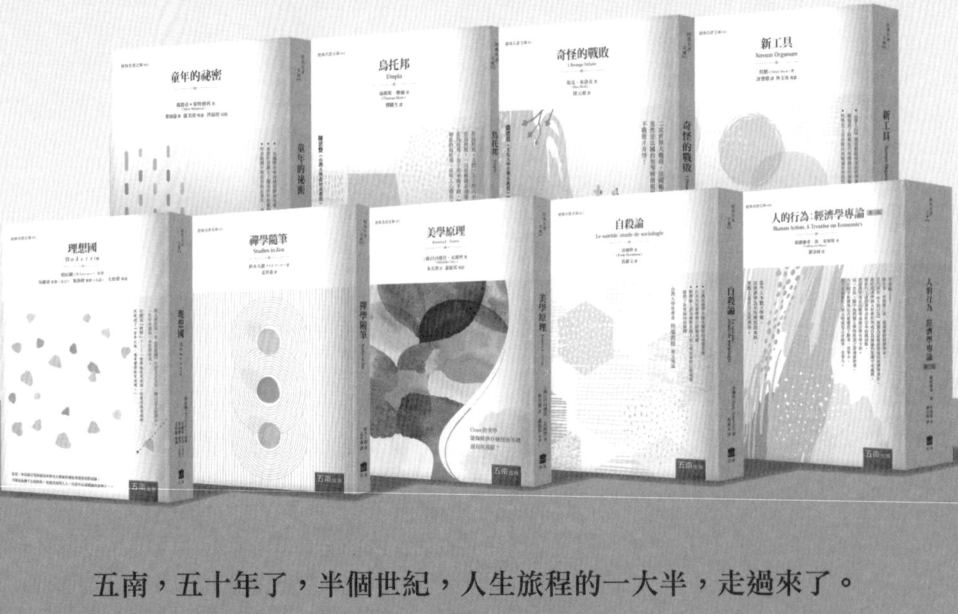

五南，五十年了，半個世紀，人生旅程的一大半，走過來了。
思索著，邁向百年的未來歷程，能為知識界、文化學術界作些什麼？
在速食文化的生態下，有什麼值得讓人雋永品味的？

歷代經典·當今名著，經過時間的洗禮，千錘百鍊，流傳至今，光芒耀人；
不僅使我們能領悟前人的智慧，同時也增深加廣我們思考的深度與視野。
我們決心投入巨資，有計畫的系統梳選，成立「經典名著文庫」，
希望收入古今中外思想性的、充滿睿智與獨見的經典、名著。
這是一項理想性的、永續性的巨大出版工程。
不在意讀者的眾寡，只考慮它的學術價值，力求完整展現先哲思想的軌跡；
為知識界開啟一片智慧之窗，營造一座百花綻放的世界文明公園，
任君遨遊、取菁吸蜜、嘉惠學子！